养一缸荷
养一缸菱

许冬林/著

广西师范大学出版社
·桂林·

养一缸荷　养一缸菱
YANG YIGANG HE　YANG YIGANG LING

图书在版编目（CIP）数据

养一缸荷　养一缸菱 / 许冬林著. —桂林：广西师范大学出版社，2019.8

（从前慢书系）

ISBN 978-7-5598-1904-8

Ⅰ. ①养… Ⅱ. ①许… Ⅲ. ①随笔－作品集－中国－当代 Ⅳ. ①I267.1

中国版本图书馆 CIP 数据核字（2019）第 131114 号

广西师范大学出版社出版发行

（广西桂林市五里店路 9 号　邮政编码：541004

网址：http://www.bbtpress.com）

出版人：张艺兵

全国新华书店经销

广西广大印务有限责任公司印刷

(桂林市临桂区秧塘工业园西城大道北侧广西师范大学出版社集团有限公司创意产业园内　邮政编码：541199)

开本：880 mm × 1 240 mm　1/32

印张：6.125　　　字数：120 千字

2019 年 8 月第 1 版　　2019 年 8 月第 1 次印刷

定价：58.00 元

如发现印装质量问题，影响阅读，请与出版社发行部门联系调换。

目 录

· 第一辑 ·

守候在绿窗前的花影

芭蕉过雨绿生凉……2
海棠好媚……6
花开如笑……10
桃花不静……14
不养富贵花……18
陪着昙花盛开……22
像柳一样妖气……25
与竹为邻……29
栀子花,旧庭院……33
朝颜……37
村有杏花……41
桐花如常……44
像紫藤萝一样……48
旧时菖蒲……52
沙家浜的芦苇……55
素色夜来香……59

菊花禅……………………… 62

· 第二辑 ·

生长在
古诗里的草木

中国梧桐……………………… 68
南方的荷花开满相思………… 82
风吹乌桕……………………… 89
西北有白杨…………………… 97
莲 荫………………………… 103
遇见过柔荑…………………… 112
"把酒话桑麻"的麻………… 118

· 第三辑 ·

摇曳在
风俗里的香草

小城姜花……………………… 126
寒 枝………………………… 130
梅花不急……………………… 134
清 贵………………………… 138
养一缸荷，养一缸菱………… 141
樱花一直在开………………… 145
凤仙花开初试妆……………… 149

· 第四辑 ·

一素到底南瓜头……… 154
当归……… 157
山有桂子……… 160
一架扁豆，一架秋风……… 163
知母，知母……… 167
紫苏……… 170
杜仲那么疼……… 173
和气萝卜……… 176
独活……… 179
前世慈姑花……… 182
少年芦笋……… 185

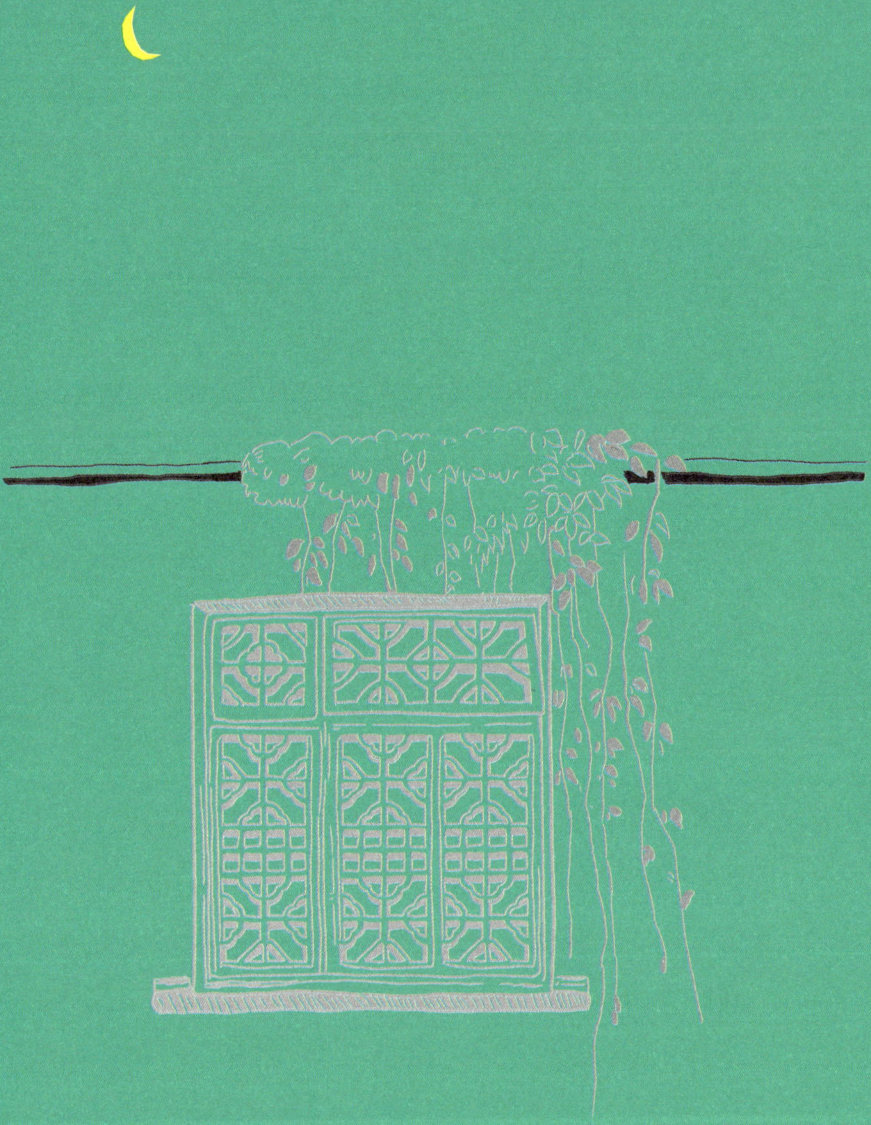

第一辑

守 候 在 绿 窗 前 的 花 影

芭蕉过雨绿生凉

至今不忘同桌送我的一张风景明信片，画面是一丛芭蕉，翠色欲滴，上面有水珠滚动，凉意十足。记得画面一角还印有诗句，最后一句叫"芭蕉过雨绿生凉"。我喜欢得不得了，后来一直收藏着。

多年后才知道这诗句是白石老人的。齐白石画过一幅水墨芭蕉，叫"雨后"，上面题了诗句："安居花草要商量，可肯移根傍短墙。心静闲看物亦静，芭蕉过雨绿生凉。"

后来，我又欣赏过白石老人的另一幅芭蕉图：好大的一片芭蕉叶，墨色浓郁，湿意透纸；叶柄处一只小蚱蜢爬来，翘起一对触角，好像在喝芭蕉叶上的露水，又好像是坐在叶面上临风纳凉。此画用笔有静有动，墨染处，既横阔又细致，真是生动有趣！一看，就叫人想起童年，想起故乡，想起旧时物事。

童年时，外婆家门后也有一丛芭蕉，长得高过屋顶，远看是一片丰硕壮阔的绿。外婆家住在濒临长江的一个沙洲上，我那时每到假日就去。穿过一片平坦开阔的沙地，远远看见外婆家屋后的芭蕉

叶围得像座绿色古堡,心里就沁出喜悦来。葱绿的芭蕉丛后面,是一扇木门,上面贴着的一副红对联还没有完全褪色。红绿映衬之下,觉得日子也是斑斓多彩的。那时候,还没完全体会到贫穷的哀戚,只是以为,在尘世之间,有那样的一户人家,跟我永远亲密,便觉得满足。

外婆家屋西边还有一棵高大的杏树,树下堆着柴垛。五月里,黄黄的杏子熟透,三舅就爬到柴垛上,然后由柴垛再爬上杏树枝丫间,站在那里奋力摇,外婆则张开藏青色的大围裙在下面兜着落下的杏子。初夏的午后,我常常还没有睡醒,就在那芭蕉荫下洗杏剥杏,吃过剩下的核不舍得扔,便沿着篱笆一圈圈地埋,希望来年有更多的杏可吃。

外婆家的晚饭总是吃得很早,太阳还悬挂在远处的沙丘上就开饭,于是便把桌子搬放在芭蕉叶下,借此躲掉夕阳。后来看电视剧《西游记》,看到《三借芭蕉扇》那一集,竟痛恨起孙悟空来,且还替铁扇公主感到委屈和不公。铁扇公主的扇子扇起来呼呼有风——那就是我外婆家的芭蕉叶呀!外婆就像个铁扇公主,一个人带着舅舅和姨娘,以及一群孩子,日子过得清贫寂寞,却也闲淡安静。在那样一个濒江的沙洲上,我融进了外婆一家的日子里,觉得我们过得也像一丛芭蕉,在风雨里摇摆,也在露水里寂静。这日子不够浓墨重彩,可它是素静的、清凉的。多年以后,我已经长大,成为一个妇人,为人处世,我依旧秉持着这种清凉的气息,觉得清凉里才有情意久长。

芭 蕉

　　工作调整之后,上班时会路过一个小区,小区里栽有一丛芭蕉。因为那丛芭蕉,竟一下子喜欢上那个小区,觉得里面的空气也一定清凉静谧。我希望那个小区里住着一个朋友或一个熟人,这样可以借故去他家而顺便路过那丛芭蕉。游苏州园林时,在那些亭台轩榭之间,会看见夏荷修竹,还有角落里的蔷薇和芭蕉。我喜欢那些百年园林里的芭蕉——回家翻相机,一相机的绿叶子。竹子是江南旧式的文人士大夫,荷花是杜丽娘那样的大户人家的闺秀,蔷薇很有

丫鬟的泼皮喜相，只有芭蕉总是寂静含蓄。芭蕉懂得守静，可是也洒然，也婆娑摇曳。芭蕉更像一个深怀古意的女子，安然地活在市井烟火里。

黄昏时，抚镜看自己，俨然岁月已深，而心亦静。如果安居可以商量，我想要一所带庭院的房子，要种一丛芭蕉。深秋的凉夜里，在枕畔，听窗外风雨萧然，听雨打芭蕉点点滴滴到天明。在中年之后，伴一丛芭蕉度流年，也横阔也细腻地度过。将过往的红紫芳菲的岁月在内心过一遍，在芭蕉的绿里过一遍，过到往事也有了芭蕉的绿意。人生就这样清凉寂静，不悲戚，也不念念。

海棠好媚

春分之前,春雨霏霏,春风微冷。跟一帮友人去铜陵的西湖湿地,在湖边遇见海棠。我眼前一亮,如旧时文人踏青,乡间遇见艳艳美人。

大家都驻了足,静静去看。海棠花蕾圆嘟嘟的,有着婴儿肥的长相,半垂着,将开未开,似犹抱琵琶半遮面的美人。

春天开的花里,桃花艳而俗,梨花有仙气,海棠是新娘子,又艳又娇,垂手如明玉,亵渎不得。它妩媚妖娆,又难得有静气。

春暮天,最浪漫的事情,大约是出游时,遇到一棵海棠树。海棠花纷纷扬扬,在风里,在半空里。人儿独坐花下,花落满衣襟,可是却不生哀感,只觉得美好。海棠花里似乎有一种暖暖融融的情意,可以盖过落花的忧伤。

在内心,我无数次谋划过这样的艳遇:山中,在淡月笼罩的春夜,我路过一树盛开的海棠。海棠花开在月色里,又烂漫又静寂,仿佛闺中人倚门思远,那远人不久就会归来。遇到那树海棠,我就不走了,要借住在海棠树下的那户人家里,夜里开窗入睡,床头看月色和将落的海棠，朝起看海棠落满小桥流水。

春日出游，可以错过千山万水，却不能错过一树开花的海棠。烟雨蒙蒙的三月天，江南是又湿又暗的水墨画。可是，海棠一开，江南就明亮了，就娇媚了，就成了女儿家的江南。客居江南的游子，可以未老不还乡，因为还乡须断肠啊！

海棠妩媚而明艳。它不会是林黛玉那样清冷有仙气的女子，也不会是薛宝钗那样富贵雍容的女子。它可能是《红楼梦》里的薛宝琴那样的姑娘：美艳里没有杂质，没有妖气，没有尘俗气，是纯真的美艳。

如果一个男人的心儿像只月亮船，船两头坐着两个不一样的姑娘：一个红妆，一个素裹；一个是朱砂痣，一个是白月光。那么，那个是红妆的，一定是有着海棠一般的娇艳。

张爱玲在《红楼梦魇》一书中，提到过人生"三大恨事"，她说："有人说过'三大恨事'是'一恨鲥鱼多刺，二恨海棠无香'，第三件不记得了，也许因为我下意识的觉得应当是'三恨红楼梦未完'"。

我觉得张爱玲的这三恨有些苛刻了。海棠无香也很好，因为海棠太娇媚了，颜色和形态已经美得叫人沉溺，若是再有花香来缠人，那真是让爱她的人万劫不复。这样的爱，太累，烧心严重，没有节制和清醒，没有退路。这样的爱，一念起，就到了绝处。

所以，海棠无香真好，像是一处留白，可以让人舒口气。

苏轼有一首《海棠》："东风袅袅泛崇光，香雾空蒙月转廊。

海棠

只恐夜深花睡去,故烧高烛照红妆。"

苏轼爱海棠真是痴绝,在春夜深深处,剪烛在窗边,不为话春雨友情,不为读书临帖,却是为了一盆盛开的海棠花。据宋代释惠洪《冷斋夜话》记载,唐玄宗曾有一次登沉香亭,召杨贵妃,可是贵妃醉酒还未醒,被人扶来见皇上,姿态慵懒可爱。唐玄宗爱怜不已,笑道:"岂妃子醉,直海棠睡未足耳!"

苏轼和唐玄宗,都是懂得怜香惜玉的人。在苏轼眼里,最娇艳的花儿,完全可以当成美人来郑重待之,燃一只高烛,与花对坐对望,隐隐约约的花香里都是美人情意。在唐玄宗眼里,美人娇媚如春花,只愿花开年年不败,哪里舍得责罚,虽然贵妃醉酒,见了皇上已不会下拜行礼。

从前，我养了一盆贴梗海棠，春天开花，果然是夜色下花朵最美。花盆放在阳台外，夜色越黑，那花越显得红艳，仿佛《诗经》年代天黑才入门的新娘子。

人世间有百媚千红，我只爱海棠这一种。

"海棠！海棠！"当我轻轻呢喃时，只觉得有一个艳丽娇俏的女子，站在春日的城墙上。她裙袂飞扬，可远观，可静赏。她走过小桥和柳堤，环佩叮当，那轻灵的玉器相碰的声音，在风里，清远悠扬。

花开如笑

节气到了雨水之后,日日都是看花天。

看花天,就是看花们在笑:在风里笑,在斜斜的细雨里笑,在阳光与蜜蜂的翅膀下笑。

好吧,陌上看花去。

脚边的那些小野花——淡蓝色的,黄色的,浅紫色的,小门小户人家出来的模样,最易被目光忽略。暮春的蒲公英,满地开黄花,依然不成阵势。江堤上更多的野花,我都叫不出名字,它们在牛羊蹄子的缝隙里悠悠吐露清香。这香气素淡到很快混入青草的清气里不见踪影。

野花似乎不是花,没人当它们是花。春阳好的时候,我躺在草坡上,手指轻轻一拨弄,裙子底下小花朵遮遮掩掩地开。它们像杜丽娘的丫鬟春香:小姐笑了,她就笑了;小姐叹气,她就叹气。它们更像我童年时所熟识的那些小村姑:人生没有宏大壮阔的场面,一点点小猫小狗的事情,也能让她们欢喜半天。你瞧,草地上,风

梨花

一吹,野花就舞蹈;风没吹,小野花也在笑。春天么,除了开花,找不到第二桩事情可消磨光阴。

桃花、杏花是正当好年华的女子,结伴出来,垄上踏青。她们裙袂翻飞,笑声清脆,逗得路人纷纷驻足。在春天,在乡村人家的庭前院后,在城市的公园里、河畔边,甚至在幽幽深山里,随便一走,到处都能遇见桃花盛开。它们不开则已,一开,就是大动静:那么烈,像火燃烧;那么艳,像吹吹打打洞房花烛的新娘子,可是不娇羞。

梨花盛开,玉一般白,雪一般轻盈,有书香女子的贞静。它即使打开了所有的花朵，即使所有的花朵缀满枝头，依旧是那种安静淡然的浅笑。它不像桃花，桃花一笑就不留底。它再怎么开，都节制，都低调，都想着留白。桃花开得像胸口的朱砂痣，梨花开得像窗前的白月光。

春天里，玉兰花开得也不迟，花瓣质地如缎。玉兰个高，花朵又大，开起来奢华隆重，像大家闺秀，需仰见其美。它端庄、雍容，开花时从不扭扭捏捏。春风一敲门，它"啪"地就打开花朵，从不闹小情绪。小情绪是要关着门在家里闹的，出场了，就要笑得敞亮，就要美得大气。

我有许多年都不喜欢泡桐花。它盛开在高枝上，大手大脚，不遮不掩，香气浓烈到熏人，像大婶，是大嗓门的大婶。大婶站在高冈上，和男人理直气壮地说粗话，得胜时敞开嗓门大笑，那笑声能砸死一头猪。

迎春花开起来一串一串的，从枝根到枝梢，从一而终老老实实地开着黄花。迎春花的花朵平常，香味也不惊人，可是开得早，就让人记住了。老实人，一笑起来就不知道收口，笑迎着四面八方的来客。

樱花总是一簇一簇的，三五朵挤在一个枝节上："嘻嘻——嘻嘻——嘻嘻嘻。"早前，我的老房子旁边有一棵樱花树，春暮才开花，花朵娇美如少女。我一看那团团簇簇的开放姿态，就想起当年读书时节，好几个女生共住一室，冬天里，学校熄灯后，我们就点着蜡烛读书和聊天。那时不觉时光之美，如今想起，已是怅然。择枝而栖的我们，再不可能回到当初团团簇簇茂密生长的光阴里。

牡丹气场太强大：它一开，六宫粉黛无颜色。有一年春天，我去菏泽看牡丹。好几个牡丹园，各色的牡丹，开起来倾国倾城。我流连花边，心有戚戚，觉得自己太单薄、太苍白、太黯淡无光了。牡丹是花王，纵然它那里开得深情款款，我这里依旧觉得与它隔了千山万水。

芍药不比牡丹。芍药一岁一枯，是草本植物，可是开起花来，姿态婆娑，花朵有贵气。暮春，枝繁叶茂的绿叶里，一朵朵硕大圆润的芍药花喜喳喳地盛开。芍药花开有憨态，又酣然，像《红楼梦》里的史湘云，一边喝酒，一边朗声大笑。

有一日，黄昏回家，路过人家的门前，见廊檐外一个十来岁的小女孩在打羽毛球。她穿着粉红花裙子，跟她的父亲正激烈战斗。"咯咯咯咯……咯咯咯咯……"她的笑声随着羽毛球起伏跌宕，在我的耳朵里划着一条又一条优美的弧线。我看着，内心小荡漾，不禁一叹：花儿呀，好美！

桃花不静

"桃花难画,因要画得它静。"在《今生今世》里,胡兰成这样说。

桃花其实不静。

春天开的花里,玉兰有些静气,一瓣瓣端然在风里不招摇。

"红杏枝头春意闹。"宋代宋祁的《玉楼春·春景》里杏花虽是"闹"了,但相比桃花,杏花还是未出阁的妹妹,多了那么几层含羞、贞静的意思。

真正"闹"的是桃花:一开就收不住,性子烈,又艳,艳得赤裸裸。

"竹外桃花三两枝,春江水暖鸭先知。"苏轼《惠崇春江晚景》里的这两句诗,是说桃花和江水先得春讯。晨晓还是三两枝,到午后想必已经是一树又一树——桃花性子急,春风春日里,哪里坐得住!

少年时,我还是有村庄的人。春日里,儿童放学归来早,行走在田野之上,遥看家的方向,有村落、农舍、疏林,还有隐约如雾的一树树红花。那时的乡村,真是村前村后有桃花,舍南舍北皆春色。

我家的桃花开在庭前，傍水而开。大妈家的桃花开在菜园的篱笆边，花后人影走动。姑妈家的桃花正对着窗子，人站在屋里，眼前是一窗满满当当的红花。我们那个村子的人家，都依水而居。长长的河堤像一根柔软的绳子，串起了一户户农家，还有一树树桃花。

我们村子的桃花，不是苏轼笔下野逸的"三两枝"。桃花一开，家家像有喜事，让人心里莫名激荡。那些桃花，张家的、李家的、刘家的、王家的，连一连，绕一绕，都是亲戚。所以我们村子的桃花都是结伴开，开得热闹，开得似乎整日都在笑。桃花那里，自有民间闹哄哄的喜气，它从来不自带忧伤，不具疏离气质。

那时，妈妈们在桃花荫下纳鞋底，姑娘们在桃花窗前绣鞋垫，我们小孩子就踮着脚折花枝来玩。东风徐徐经过，桃花纷纷扬扬飘落，落到大人们的发上，落到姐姐们的手心里，落到我们小孩子的脸上，落到公鸡的尾羽上，落到泥地上，落到涣涣春水上……

朴素的乡村，被桃花一照，竟像点了洋红的糕点，一下就生动起来，勾起人的欢喜来。我觉得自己像是住在一个桃花围成的花园里，桃花堆叠的梦境里。

曾有十多年的时间，我不喜欢桃花，觉得它冶艳、野性，开起来疯疯癫癫，一派终老民间多子多孙的俗世姿态。说到底，我是觉得它的格调不够。我像苏轼一样，看花也只看那竹外寂寥的三两枝，不喜欢桃花排山倒海开放的热情。

不喜欢桃花的那些年头，我也是孤傲的、寂寥的，以为自己生来自带忧伤与疏离气质，所以睥睨俗世俗人。

桃 花

有一年秋天，晚上在护城河边散步，遇到一旧时同窗，多年未见分外亲。她拉着我在路灯下碎碎聊了有半个钟头。道别后，我不觉想起她当年在学校读书的情形。那时的她就像桃花，胆大，主动追男生，每每出入校门都是姐妹一大群。她其实长相普通，可是性格活泼，任谁见了都喜欢，那时大家总是众星捧月地围着她。

如今回忆，我想，她的少女时代是动态的，我的是静态的。

这么多年，同窗在我近乎俯视的目光里，结婚，生子，工作，勤俭持家……她守着小小的家庭，低姿态地、结实地生活着。她像许多沦陷在烟火日常里的小妇人一样，忙忙碌碌几乎找不到自己的标签。可是，她依旧很幸福。

现在，她是静态的了，静态地幸福着。平凡，朴素，温暖……我仿佛被现在的她打动。

无为县有个太平乡，那里漫山遍野是桃树。有一年春天，清明前后，我准备去看桃花，问朋友花讯，答说还没开。一周后，我盛装去看桃花，待到了那片桃花坞前，才知花已凋零。

桃花的花期真短！即使漫山遍野是桃花，花期也就那么几天。叹息之余，我忽然原谅了桃花，原谅它开起来泼辣、冶艳、声势张扬，也接受了人群中那些野性、泼辣、妖娆、媚行的生存姿态。

桃花不静——它静不了。它要赶着盛开，风时也开雨时也开，春日正好时也开，因为花期就那么几天。那几天里，它倾其所有，用色彩和阵势制造出最大的动静，让人觉得大地都载不动、端不稳似的。后来又让人觉得桃花一开，山斜了，风斜了，雨也斜了。

不养富贵花

花与人，也要投缘。

投缘了，就好养。气质上味不相投，就疙疙瘩瘩的，到最后是相互辜负，伤心收场。

我养了好几年牡丹，准确说，是养了好几茬牡丹，结局悲惨。一次是五六月天气，直接从花店抱回一大盆，已经开花，枝叶间还缀着许多跃跃欲试的蓓蕾。搬回来后，喜看它花开阔气，朵朵富贵，好像我们家天天都要办喜事。花是粉色的，渐开渐白，白得依旧像平常打扮的薛宝钗，贵气还在。

花季之后，我把它当功臣，不敢怠慢：依旧常常浇水，放在阳台边晒太阳。可是没多久，叶子黑掉了，然后就一寸寸连枝枯萎。我伤心不已。请教养过牡丹的人，答说可能是水浇多了。于是发誓再养一盆牡丹，不信此屋不长富贵花。翌年早春，去花市，看见有人卖牡丹，枝顶上已经撅起红芽嘴，以为买回去春阳一烘，那些叶子就会精神抖擞伸出来。"红芽嘴的是红牡丹，绿芽嘴的是白牡丹。"

牡 丹

卖花人说。"那就要红的吧！"我挑了一棵，心里其实还是渴望喜庆的。

回来后，培土，用肥，浇水，好像在伺候怀了孕的贵妃。可是，一个多月过去，那些红芽嘴始终没有开口说话。当时还以为是因为天冷，结果等到初夏，那些红芽儿还是缄口不言，后来干脆蔫掉，只剩几截光杆，断了我用情的后路。再问过来人，答曰："那牡丹估计是药用的，根被人剪下取丹皮了。根少，花自然难发。"我想是这样的。自此觉得牡丹难养，很是灰心。

牡 丹

后来，油菜花开的季节，我去乡间一个养蜂人家里买蜂蜜，竟看见他家院子前有一片牡丹，正开着白花。繁花灼灼在阳光下，蜜蜂在花间殷勤来去，嗡嗡声一片。一时间看呆了，凡心又起，又想养牡丹了。养蜂的婆婆看我神情，猜出我喜欢牡丹，说等会挖两棵给我。结果挖了三棵给我。这一回我终于觉得养牡丹有望了。三棵牡丹，总能养活一棵吧？怕阳光不足，这一回放在楼下养，结果养着养着，都死掉了，我连那花盆都不想收回来。不想第二年，其中的一个花盆里竟又冒出几片牡丹的叶子——原来叶死根还在，到来年又发芽了。这转世投胎的一棵，活了半个春天，到底还是走了。

再后来，我不养牡丹了。我只看牡丹，看人家画里的牡丹。

听一位画家朋友说，任伯年画牡丹，但他不画富贵牡丹。我心下好奇，就寻着去看，果然别人的牡丹是状元打马游街披红挂绿，而任伯年的牡丹有一种明净淡雅的清气，是书香门户的女儿在垄上踏青。他的《富贵白头图》里，一丛牡丹粉紫相伴地开，花朵闲适自在，其间两丛瘦枝从花丛里突出来，片叶不着，其中一枝上立着两只淡墨染就的鸟儿，窃窃私语一般。这样的画里，有富贵圆满，也有隐约的清寒气。他自觉是贫贱之人，纵然是画牡丹，也要在牡丹丛里立几根寒枝。

他活得这样清醒，这样自知。

我想了想自己，其实也不是养牡丹的人。我的身上，也有清气。我的心里，其实也立着几根寒枝。

想通了，也就不强求了。

我养茉莉和栀子，一养就养好多年，年年旧枝上发新叶，年年枝叶间开相似的花。闲闲淡淡，低调而芬芳。

陪着昙花盛开

朋友小氓在 QQ 里发了几张昙花开放的照片,瓷白瓷白的,两朵花相互依偎着,像少女的笑靥。两朵昙花,是两轮浅陷下去的酒窝,真是美。我回她:"这样的花,应该坐在你身边,陪着你开。"

陪着她盛开,看那些花瓣是怎样从花蕾里轻吐出来,然后在幽暗灯光下徐徐舒展,一瓣是一弯浅笑;最后一瓣一瓣相携着围起来,围成瓷白的花碗盛上芬芳。外层的花瓣有些妖气,里面的花瓣却是端庄圣洁,一场昙花开放的过程简直像妖精修炼并最终脱胎换骨一般美好。

昙花几乎只在深夜里开放,彼时残月在天,星河欲曙,而人间万物阒寂无声。瞌睡的人们,有几个人有耐心去守候她的刹那芳华!所以纵使那么美,还是容易被错过。对于我们来说,能看见一回昙花开放,真是像目睹菩萨显身一样庄严和珍贵。

一直想养一盆昙花,在书房里养。珍重伺候她一春一夏,在秋夜,我会静心等待她的盛开。我会沐浴更衣,穿素白的裙子,端一张老藤椅,坐在花边,还会放一首极其空灵悠远的佛乐,焚上三支奇兰香,放下书本笔墨,就这样又隆重又情思淡远地守着一朵花的开放。内心里有三分的欢喜,一分的悲戚。欢喜是因为这美丽,悲戚是因为这短暂。简直像青春和爱情,那么美又那么匆匆。

与佛教有关的花木,说起来似乎都是婉转得让人哀伤,却又都充满慈悲的力量。

第一回读到"昙花一现,只为韦陀"这八个字时,惆怅良久,不能释然。

昙花又叫韦陀花。传说昙花和佛祖座下的韦陀尊者有过一段缠绵悱恻的过往。那时候,昙花是一位纯洁美丽的花神,有一个年轻的小伙子每天来给花神锄草浇水,于是花神爱上了日日赐她以甘霖的人。这事被玉皇大帝知道了。玉皇大帝勃然大怒,生生拆掉相爱的一对。男的被送到山间习佛,赐名韦陀,意思是要他忘记前尘往事,忘记美丽的花神。女的呢,被贬到人间,成为昙花,开放只有一刹那的时间,且是在深夜里开放。一对爱人永远不能相见,永远相忘。可是花神不能忘记韦陀。她知道韦陀每天都来山上采集露水,为佛祖煎茶,于是便选择那个时候开放,希望采露的韦陀能认出她来。可是,韦陀没有去认——也许他真的已经忘记前尘,也许他身为出家人已经不能去认。就这样,昙花夜夜开放,夜夜错过与她的韦陀睹面重逢。

一刹那是盛开,是芳华灼灼;一刹那是凋落,是黯然收场。

那天读到唐代韦庄的《思帝乡》里的一句词:"春日游,杏花吹满头。"读过怅然,觉得好美,可是又美得疼痛。暮春天气,人在花下，风起时满空里缤纷盛美的杏花。然后风息，花落，满头满肩满袖。花再美都惆怅，因为袖子上的这一朵永远不能再回枝上了，肩膀上的那一朵也永远不能在春风里浅笑了，明年枝上再开的杏花，都不是今天落下的花儿了。

原来，所有花朵的开放，都是一次有去无返的单程——再盛大绚丽，也是单程。

我能做的，大约也是在一棵杏树下走得慢些再慢些，陪一树杏花飘落，算是有情，算是不负。

细思量，红尘里经历的桩桩件件，有太多是走在昙花和韦陀一样的姻缘里。

还记得当时年少春衫薄，整个人沉不下心来读书。老师在讲台上语重心长地絮叨："要趁年少多读些书啊！"可是我就那样随意辜负老师的深情告诫，玩早恋的游戏，大把浪掷澄澈好时光。多年以后，感情的燃点高了，终于能不为所动地坐下来看看书了，可是颈椎不好了，时间不多了，容易走神，翻半天翻不过一页了。当年最想做风一样的女子，可以远远地离开父母，离开束缚，等到自己做父母的时候，才知道父母儿女相聚的光阴多么有限。现在想陪父母爬山，他们爬不动了；想陪他们聊天，他们聊着聊着会打起瞌睡……当时同窗少年，一转身二十年过去，再寻去已是人事渺渺。

美好的时光，其实就像昙花开放，短暂又短暂。而我终于懂得，在生命里的每一朵昙花开放时，要怀着虔诚之心陪着，陪着刹那，陪着永远。

像柳一样妖气

柳树有妖气。但这妖气是熨帖的,不尖锐,不眩目。

每日上班,要穿过一条环城河,要经过一片柳荫,心里欢喜莫名:只觉得有一种别样妖娆在心底浅浅地演绎,想要就这样追随下去,无止不尽。

过了红绿灯,穿过一片小广场,下了河畔,便看见半城柳色了。远望去,一棵柳是一团绿烟,蓬蓬地缭绕在水边。烟水茫茫,柳色苍苍,我走向那片柳荫,觉得自己像是要走进画里。神话传说里那些漂亮而有妖气的女子据说常常是从画上走下来的。如今走进柳色里,觉得自己也是小妖精了,暮出晨归,现在也敛了薄薄的身子,融进画里。

我想做一个像柳一样妖气的女子。

走在柳荫下,迎面看柳,抬头看柳,无限清凉涌上心头来。柳丝垂垂,那么柔软,那么轻盈。它们在水气和晨光里自在摇曳,一枝一叶都在撩人,可是却又不动声色,恬静而懂得节制。

《诗经·秦风·蒹葭》说："所谓伊人，在水一方。"这伊人，原就是一个柳一样的女子。

曾有一个异性友人，他说他要娶的女子，必须是长发、细腰、削肩。我想，这样的女子，前世大概是棵柳树。她走过你的身边，就像柳枝拂过鬓边，即使不言不笑，也觉得她柔心无限，谈吐芬芳。这样的女子，即使跟她不识不友，单单看她在微风里走过小桥和长堤，长裙和长发一起在风里飞扬，也已让人情思悠远了。所以你愿意为她驻足，为她回眸，为她暗夜相思，第二天照样装作与她不期而遇的样子。

这样的女子，其实也是有妖气的。她就像这水边的绿柳，你被她俘获了整个心，却还不自知，只能继续低烧不退。

《红楼梦》里，黛玉姑娘的美其实就有些妖气。你看她走路摇摇，就好似弱柳扶风，清寒孤傲，不像是侯门深闺里生长出来的，倒像是草木精灵幻化出来的。她路过红尘，路过众生，不轻易投他人一个秋波，可是每读到写她的文字，心就给那一股清逸之气袅袅带了去。宝玉爱黛玉，爱到没了她就无喜无欢、无悲无恸。没了她后，他不写诗，不焚香，不对水哭泣。因为，最深的爱一旦逝去，是追命的内伤。内伤是找不到任何纪念形式来化解削减的，只能是随了她，化作无情无知的草木石头，化作空白，只剩下一片白茫茫的大地。

每次到西湖，总喜欢在柳荫下的长木椅上坐坐，看看湖水，吹吹柳风。远看断桥，近乎月白色，在柳荫下隐隐约约想起白娘子来，心上倏然一阵忧伤。

柳 树

　　断桥的柳,就像白娘子,也是美得有妖气的。这些柳枝,在风里婆娑摇荡,一线线,一垂垂,不绚丽华贵,是一种素色的妖娆。这样的妖娆,妖而不媚,却将它的美一寸一寸驻扎到人心里,然后盘踞不去。就像白娘子,长发如柳,裙裳如云,说起来话来轻言细语,初看起来,多么像寻常百姓之妻。许仙愿意与她在钱塘江畔,琐琐碎碎地过着日月光阴。法海知道,这个女人身上有妖气。任她如何低眉将自己扮作寻常,可是,骨子里还是有一股不同凡俗之气表露出来,寻常烟火哪里藏得住!

出家的法海如何能明白，有些妖气是无公害的。这样的妖气，只是用来收服一个男人，并无毒性。她没想兴风作浪，没想颠覆乾坤，只是想过一种属于自己的日子，虽然这日子可能和别人的有些不一样。

多年前在一个作品研讨会上，一个编辑说我的文字有妖气。我听了，暗自动情，也暗自欢喜。许多时候，人都是这个大地之上的异乡人，都是漂泊者，我们多么渴望在熙熙攘攘的红尘里，有那么一两个人，在心灵上，跟自己口音相近。路过千万人，不过是想说："君家何处住，妾住在横塘。停船暂借问，或恐是同乡。"唐代崔颢的《长干行·君家何处住》，其实只求一个精神上的"同乡"。

那时，我是第一回听人说我的文字有妖气。我感动于她的懂得，感动于她的识和知。

我悠悠淡淡地写了十来年，无意于惊人和骇世，只是这样兀自低眉婉转，不与他人道自己的底细和前世。也许，正是一个同样外表贞静端然而内心柔软的女子，才能遽然揭穿我的本质。我们，其实都是有妖气的女子。

我们的妖气，就像临水的柳，素淡疏远，内心摇曳。

与竹为邻

有竹为邻，日子一定清凉有古意。

童年时，大伯家屋子西边有一丛竹子。竹林旁边还有一大丛野生的忍冬。夏日暮晚，忍冬开花，一阵阵清香鼓荡着，穿过枝枝翠竹，殷勤招引路人。那时，大堂哥常常捧着书本，在竹荫下读书，后来才知道那是在备战高考。

他捧着书，绕着那丛竹子，一圈又一圈地转，头也不抬，脸贴着书本。我觉得堂哥也是绿色的了，像一枝瘦竹。堂哥考上大学之后，竹荫下有些寂然。只有黄昏时，夕阳的金光映照湖面，那丛竹子才蒙上一层灿灿的喜气。

我很羡慕大伯家，无端觉得过日子要有竹为邻才好——那日子才有些含蓄蕴藉的深意。所以，每日黄昏，放学后的我每走到那丛竹荫下，总要故意收住步子。有时是手摇竹竿，逗枝上的鸟。有时踮着脚，在那里攀折竹枝。下雨天，路过竹荫下，有时故意移开伞，等竹叶上的雨滴落下来，落进脖子里，落在眉眼间，落在手臂掌心，

竹林

一身的凉意。觉得自己就要凉了，就要凝结了，凝结成一块古玉，透明无瑕。

  从前，村子里有一位老先生，饱读诗书，为人耿介。据说他是地主的儿子，挨过批斗。他家屋前屋后全是竹子，三间破旧的房子卧在竹林深处，真像一个多缝的蝉蜕。可是，不知道为什么，我竟喜欢那样的人家，白墙黑瓦，翠竹环绕。每次上学，我总喜欢绕路经过他们家的竹林。清秋的晨晓，透过一枝枝的竹子，会看见老先生穿着米白色的褂子，端然坐在门前吃早餐，像位老中医。我悄悄地走过，只觉得那是不一样的人家。鸟在竹林里鸣叫，声音回荡，越发清脆干净。露水掉下来，湿了我的刘海，还有我的书包和裙子。

竹子

我当即在心里暗想：长大后定要种一篱修竹。

时光荏苒，人是长大了，那样直插晴空的竹子却没种成，因为住楼，没有自己的土地——像私房钱一样珍贵的土地。可是，种竹的梦还在，像月光一样夜夜覆盖在心上。后来，买郑板桥的画册赏览，看他画的竹，三五根，或一两丛，疏影横斜，枝叶婆娑，湿淋淋的墨意，将一颗心变得潮软生了苍苔。在那幅《墨竹图》里，他题句子："茅屋一间，新篁数竿，雪白纸窗，微浸绿色。此时独坐其中，一盏雨前茶，一方端砚石，一张宣州纸，几笔折枝花。朋友来至，风声竹响，愈喧愈静；家僮扫地，侍女焚香，往来竹阴中，清光映于画上，绝可怜爱。何必十二金钗，梨园百辈，须置身于清风静响中也。"

看墨色游走宣纸,读散淡清奇的句子,真恨自己不能生在板桥那样的年代。若能与板桥为邻,多好!浣过衣,弄好炊,然后装作去散步,隔墙看他在竹荫下喝茶,看他在纸窗边研墨画竹。院子里,竹声飒飒,秋蝉鸣噪。做他的家僮和侍女也好啊!扫完地,来焚香,竹荫下来去悠然,闻墨香,萧淡度光阴。

板桥与竹为邻,我与板桥为邻。我把板桥的画册置于案头床边,即使不翻,只是闻着那纸墨散发的细细幽香,已觉得日子芬芳。

我到桂林旅游。坐筏子从桂林到阳朔,在漓江飘荡,看两岸青山嵯峨层叠,看河滩上竹子婆娑,觉得我们是乘船往天河去,那青山上住着神仙,那竹林里住着仙女。桂林多的是凤尾竹,一丛一丛地长,好像一个个竹子部落,都有自己的姓氏。凤尾竹是很柔美的一种竹子。我就想:在这样的凤尾竹下,多适合和姐妹们一起团团簇簇地坐下来,聚在一处做做女红,说说女儿家的小心思!我那时还未嫁,还是阿爸阿妈乖巧的小女儿。还可以与情人相会在凤尾竹下——让恋情就像这翠竹,一辈子团在一起,一辈子心意不变。

无土可种竹,只能以水养竹。清水养竹,养富贵竹。看那一小丛幽幽绿意停泊在斗室里,就觉得日子也清幽起来。多想与竹为邻,遇一个竹一样的禾本科的人,清洁又野逸,与我在水边在林下,一起话话这清凉自得!

栀子花，旧庭院

我喜欢一些开白花的灌木类花树，像茉莉、木槿、栀子……开起花来，一朵朵悠然芬芳，令人心思简静。

在南方的乡下，每个女孩子都有一棵陪她长大的栀子花树。五六月的初夏天气，乡村沉陷在疯长的绿色里，是一朵朵淡雅的栀子花让乡村多了素雅之美。女孩子的日月过得都有仙气，开门见花，闭户则花香缭绕。依花长大的女孩，长得也像栀子花一样素洁婉丽。

童年时，我家有一棵单瓣栀子，大伯家有一棵重瓣栀子，都是姑姑在出嫁前栽的。花树大了，开花了，我和堂姐刚好到了戴花的年龄。

那时候，还没起床，母亲已经将带露盛开的栀子花掐回来，她总是静立床边等着给我梳辫子戴花。我坐在窗台边的椅子上，闻着花香，觉得晨晓潮凉的空气都有殷勤待我的情意。戴着洁白的栀子花，穿着杏黄色的连衣裙，背着小书包，走在乡村的小路上，觉得整个世界都好美。常常觉得自己是一只白色的蝴蝶，幻作了人形，来人间游览，处处都有新奇和感动。多少年过去，我一直觉得那一段时光最有人间的美意。

后来，母亲一时起了贪念，将家中的那棵栀子花卖给了村干部，移栽在新建的村办公楼的大院里，令我伤心不已。好在南方水乡的女孩子天生都是种花好手，我很快就从同学家里移栽了一根插枝。夏天的黄昏，一放下书包就去给花浇水，没几年，也开花了，而且是硕大的重瓣栀子。夏日，不论黄昏还是晨晓，看着一朵一朵的白花盛开，内心就觉得甜美。伴有栀子花的庭院，那才是世上一处端庄秀美的人家啊！

少年时读过一首唐朝王建的《雨过山村》："雨里鸡鸣一两家，竹溪村路板桥斜。妇姑相唤浴蚕去，闲看中庭栀子花。"读过就喜欢得要命，好像是算命，被人一桩一桩算得准，即使有过崎岖有过黯然，那一刻也是感慨欢喜。微雨的初夏，母亲和奶奶忙碌着，栀子花在庭院里不慌不忙地吐露芬芳，这就是我们乡村的生活。

成家后，我住在楼上，养花不易。幸运的是住一楼的邻居家有个庭院，院子里栽有栀子花。我时常流连在阳台边，享受那摇荡风中的花香，领受那饱满甜蜜的情意。后来，又贪心，终于抱回一大盆栀子花，养在家里，一养多年。每次出门，不担心家财被盗——其实也无甚家财，只是担心那栀子花无人照料。到后来，养的花就像养的女儿，一边欢喜，一边念念放不下。花开时节，一朵一朵的白蝴蝶落在绿叶里，或藏或现，或豪放或婉约地开。我们枕着花香入睡，在花香里饮食起居，世事悠然，无哀无忧。

栀子花

有一年,在北京的一处广场边,看到有人卖花,其中就有栀子花。北京的栀子花是从花棚里移出来的,枝叶稀疏,花开胆怯,眉目之间甚是楚楚可怜。可能还是气候和水土的原因,养得不够丰润有神采。我彼时离家已有些日子,再见栀子花,如遇流落在此的故人,又感动又心酸。身边是一位在西北长大的朋友。我问他:"知道那是什么花吗?"他一脸茫然,说他们那边没有栀子花,没有莲藕,没有芦苇,也没有菱角……我听了,替他遗憾半天。我一直以为,有家的地方,就有栀子花,有村庄的地方就有栀子花。人总要在有水和有花的地方长大。

在苏州，在南京，在长江中下游一带的江南江北，初夏路过人家的院子前，一路是栀子花的香气相迎相送，瞬间让人觉得这尘世太美好，每一分每一秒都充盈着爱意。

我奶奶青年时守寡，中年时又失去了我的大伯。她觉得自己是个不幸的人，自此穿衣不再穿艳色衣服，连从前的绣花鞋子也摁进了箱底。但是，她却一辈子保持着戴栀子花的习惯。初夏的浓荫下，坐着一位身穿藏青色斜襟褂子的老太太，头发绕在脑后，绕成一个扁圆的髻，髻边斜插一朵栀子花。她颤颤地走在树荫下，一阵一阵的香气软软袭来。戴花的奶奶，有着观音一样慈悲温和的美。

栀子花，开在南方多雨的庭院里，开在简洁庸常的平民生活里。它多像一个素色的女子，没有遗世独立，也不轻易伤感。她只以一种温婉清美的姿态，将一种小格局的生活撑得格外饱满，撑得别具情味。

朝颜

清晨起来,看露水瀼瀼的庭外草木,赫然开出朵朵朝颜,就觉得整个大地,都在一朵浅紫的喇叭形花瓣边缘醒来。

院墙边,篱笆上,柔柔细细的茎蔓上,翠叶叠叠,嫩花朵朵,或向上攀登,或顺着茎蔓在墙头上逶迤。

花开得好早,就像一群十三四岁的乡下小姑娘,举着花布伞,三五成群地去上学。田野上,山道旁,路边的芒草上满是露水。晓月的淡光,粉似的敷在薄蓝的远天上,仿佛一碰就会被风吹落、吹远的样子。

朝颜花像我们朴素的少年时代。读书上学,为实现梦想离开乡野,融进红裙或白领的人群中,混迹于红尘。外人不知,我们曾有过那样朴素干净而安恬的少年时光,就像不知道朝颜还有个极朴素的名字叫牵牛花一样。

我曾经也是那样清美的一朵牵牛花,开在乡村的羊肠小路上,开在柳荫下,开在桑榆荫下,开在开满单瓣木槿的花荫下。

朝颜

我是一朵桃红小花,手中牵着细长牛绳的那一头,是生产队集体养的一头褐色水牛。八十年代的中后期,十来岁的农家女孩,在星期天,在暑假,会在一根牛绳上悠悠荡荡度过一段放牛的日子。

生产队的牛,各家轮流放。有时到了星期天,还没轮到我家,母亲会借过来让我先放,怕空掉了我的假日。她真会过日子!吃过早饭,我就去竹林边的小屋里牵出水牛,带它去江堤上吃草。

彼时，我喜欢牵着牛绕路去江堤，只因为那多绕的一截路的边上有一户人家花多女儿多，花美女儿也美。那家的小花园在路边，可以一览无余地看见花儿。

夏天花开得最热闹：凤仙花累累簇簇，夜来香总是在黄昏时分散发香气，重瓣的栀子花端庄丰硕……而最难忘的，是他们家的牵牛花。

他们家的女儿给牵牛花搭了花架子，一根根细细的竹子齐齐靠在青砖的墙边，竹子之间还用细绳织了网，牵牛花的细长茎蔓便从容地在绳子上、竹子上游走，一程又一程，花开满园。

黄昏，那几个女儿，穿着白裙子，给花儿浇水，用水壶慢慢地喷洒。在这之前，我见过牵牛花，但都是野性十足地在墙上、树上乱爬，没人搭架子。我也见过人家浇水，但多半是一瓢泼过去，动作粗蛮。我心里好羡慕他们家的女儿，也羡慕他们家的花儿。

一个十来岁的女孩子，在人家的花前，忽然懂得：日子是不应该潦草粗糙地过的，日子应该是精致的。每一件事，都可以用耐心和细心来做到完美，做到灿烂。

我悄悄收集牵牛花的种子。开春，雨长长地下过。我在门前的梧桐荫下圈出一方地，种牵牛花。然后是浇水，看花儿发芽，在泥土里一日日挺起腰身，再然后是移苗。怕猪来拱，就给花儿围篱笆。最后，学着花多女儿美的人家给牵牛花搭架子。

夏天，牵牛花盛开，一朵朵小喇叭，像要喊出我心里的欢喜。妈妈没太留意她的女儿种花终于守得花开的喜悦。她忙时干活，闲时摸骨牌。而我，在漫长酷热的暑假，于清晨出门放牛时，看见那一轮轮桃红的小太阳在一波波绿叶里升起，就觉得日子有了不同寻常的意味，觉得自己和那户人家的女儿一样美丽娴雅，甚至还有更多说不出的美好。

时光荏苒，当年种牵牛花的女孩，如今已过朝颜一般清美的年龄。某日晚凉时分，就着阳台外的薄暮天光读《枕草子》，书香氤氲里再次遇见朝颜。恍惚间，旧事旧人——像遇潮的种子，在心底吐根。

遇见朝颜，就像在一池碧水里遇见自己——一朵牵牛花一样的少时自己。

喜欢朝颜的名字，安静，莹润，暗香袅袅的样子。

喜欢朝颜，因为觉得花像我们。今天的我们用墨香书香重新洗礼后变得矜持端雅，但是，在成长背后，我们就是晨风里摇曳的那朵牵牛花啊！

成长就是一个不断向美好进发的过程，一如朝颜。

村有杏花

杏花的气质,很像邻家小妹。

隔着幽凉的光阴回眸看去,她疏淡又清美。

每年春天,去山里看桃花,桃花烂漫到放肆。回程的路上,总会在心底想一想杏花,像怀着越轨的相思。不曾看过杏花。杏花似乎太远了,远到隐居在中国画里,在唐诗里。

想起曾经看过一个画家的作品,是水墨。淡墨扫几笔过去,扫出三五重远山;远山推挤着,拱出一座略微湿重的近山。山脚下,卧一村庄,赭墙墨顶,至简至朴。难忘的是墙角斜倚一树杏花,浅粉色的花朵点点簇簇,乱纷纷,似乎好轻,风一起就能抹去。风未起,那杏花还开在宣纸上,透着少年的清凉和江南的湿意。

我固执地认为,画家以水晕染的曙红,极淡极淡,染出的一定是杏花,不是桃花。桃花太冶艳,太热烈,太容易骚动。桃花缺少淡雅,缺少内敛,缺少一种静气和远意,缺少一种少年岁月所特有的凉意和萧淡。

台湾女作家朱天文的小说《柴师父》里面有一句让我难忘的话:"如果他不是等待那个年龄可以做他孙子的女孩,像料峭春寒里等待一树颤抖泣开的杏花,他不会知道已经四十年过去。"是啊,杏花就是这样一个清凉的少女,等待之时,她如远如近。等待这样的女孩,如同等待一块绿洲,如同等待悦耳的乡音。然而,在等待中,青春到底还是远去了——青春到底不能重来。女孩去了比利时,说是下个月回来,回来后她会再来吗?只有她少女胸乳的软凉还似乎袅袅于他的手指之间,提醒他杏花已落,青春已经远走,只剩下这暮年岁月的寂寥和杂乱。

到池州去,去杏花村,去唐人杜牧喝酒的那个杏花村。秋日晴和,烟树满晴川,立在杏花村公园里,一阵恍惚。眼前的砖墙、杏树、未凋的绿草、未浅的池塘等等,一切皆陌生,陡然间又觉得如此熟悉。果真是一个杏花的村,植了那么多杏树!仿佛唐代的一滴墨,落进了宣纸里,洇开来,又漫漶又生动,便成了眼前这杏花春雨江南的园子。

遥想千百年前的那个清明,草木萋萋,山花绽放,诗人杜牧一身青衫来踏青,想想谪居生涯,离家千里,自是惆怅几分。恰此时,春雨纷纷而下,路上行人或冒雨或撑伞,相携赶路。瞧瞧自己,无伴,无伞,青衫大半已软软地湿了。怎么办?喝酒吧!消愁也取暖。酒家在哪里呀?问吧。"清明时节雨纷纷,路上行人欲断魂。借问酒家何处有,牧童遥指杏花村。"唐人杜牧《清明》里的酒家远,可是也能看见,冒雨走一截就到。杏花村,不远不近。

要感谢这青山林泉之间,有一座盛开杏花的村子!感谢黄家的酒店,收留一个内心微凉的诗人,在清明,在酒后,由他散发灵魂的芬芳!这芬芳的诗句,也像是杏花,萧淡又圆满,凄迷又清凉。

在时间之河里,杜牧已驾舟杳然,但《清明》诗还在,杏花村所幸也在。秋阳融融,沐浴其中,身在杏花村,觉得自己也仿佛被杏花的气息濡染,虽然杏花早已开过。我觉得自己也成了一株摇曳在唐诗里的植物,是草本植物吧,又绿又柔软,又轻又透明,颤颤地与杏花为邻。

可是这还不够。我还想在来年春天,去一趟杜牧的池州,去看水波潋滟,去看照水的杏花在春风里婆娑盛开。

如果一个人的魂魄可以像裙子一样脱下又穿起,我多么想让魂魄游离,穿在一朵杏花上!我多想在一个露水微凉的晨晓,在一个古意尚存的村子,做一朵旧年的杏花!多年之后的你呀,有没有看见我都盛开。不管风来不来,芬芳和清凉都在。

桐花如常

不喜欢桐花多年。觉得它肥俗,香气浓烈到撞人。花落时,样子邋遢。

在我们江北,谷雨之后,桐花最盛。

少年时居住的老宅西边,有一棵桐树,是白桐,也叫泡桐,粗壮,高大,枝叶覆满头顶天空。我放学回家,穿过开着无边无际的紫云英田野,老远就能看见我家屋西的桐花,扶摇直上地开上云天。桐花下,炊烟升起,猜想母亲一定正在手忙脚乱地做饭。桐花浅浅的粉紫色,隔着春暮的天光烟霭看去,竟像是颜料在水里化掉了,化成一团不干不净的灰白色。这样的灰白色是薄凉的,像日子,是不过节也不办喜事的乡下日子。

有一回,朋友跟我描述她在乡间看到的桐花有多美,我在心里想笑。桐花能有多美?匆匆一见,如旅途上的艳遇,不用负责洗臭袜子,也不用油污满身地下厨房,没熬过漫长的相看生厌的时光,那情感自然是轻吐芬芳。

我想起我家从前的那棵桐树。春暮的雨惆惆怅怅地下，屋外的墙角处，腐烂的树根边，生了一簇簇的野蘑菇，肥厚的桐花瓣坠落，砸在滑腻的湿地上，混进潮腥的野蘑菇丛里，然后一起腐烂。空气里，桐花的味道又湿又重，缠绕不散，像玄奥难解的命运。夏天，算命先生坐在村口的桐树荫下，一卦一卦地算。他说人在命运里走，谁也逃不掉。命运如网，缠绕不散。

母亲喜欢请人算命，给家里每个人都算。有一回是抽牌，母亲让我抽。我抽出一张，展开看，是一个女子，骑一匹白马，又矫健又威风。图片上说的什么已经不记得了。只记得，我是喜欢那匹马的——其实我也想骑上那匹马逃离乡村，逃离我妈妈、我奶奶那样的生活和命运。我不想让自己开得像一朵桐花，粗陋得没有花的样子。花的样子应该是轻盈的、鲜丽的，香气袅袅，像细细的柳丝，或者像暮春下下停停的细雨。

如果做花，我不想做一朵桐花。

像逃离一场指腹为婚的旧式婚姻一样，我试图以自己的不甘和倔强来逃离古旧乡村，逃离古旧的生活方式。我追随理想，试图走一条和别人不一样的路。我出门读书，风花雪月地写席慕蓉体的情诗……我以为我能成功逃离。

暮春的一个黄昏，我散步路过一户人家的院前，竟久久流连不去。那是极普通的一户农家，两层半旧的小楼，门前用竹篱笆围出一小块菜园，里面种瓜种豆。房子东边立着一株高大桐树，紫色的桐花累累簇簇盛开，远远看去，花开灼灼，花气熏天。房子无人，锁着门，静悄悄的，只有那一树桐花火辣辣地开，繁花照眼明，也庇护着小楼和院子。

一块园，一树花，一户人家，静谧，安稳，寻常，寻常中透着人间烟火的亲切和盈盈的美意。

桐花到底还是美的！

回想少年时，偌大的桐花荫下，安然坐落着三小间覆有青灰瓦片的房子，我踩着满地的潮湿桐花去上学。那画面，隔着二三十年的光阴，现在回头看去，才看出了一种人间的简静与清美。

寻常朴素的物事中所包含的美，要过完小半生才能懂得，就像过完小半生，才懂得平常心的可贵。

我在单位大院里开荒种菜，种没用农药、没用生长激素的蔬菜，十指纤纤，不弄墨，弄泥土，希望儿子在我身边成长的年月里，可以吃到最健康的菜，也是想一慰自己初进中年渐生的求田问舍之心。

一次跟文友说起种菜，说起农事。他说他从前什么样的农活都干过，每年割稻子，最后一割，他会割在自己手上，提醒自己逃离。我听了，内心如有急雨经过，一阵潮湿。是的，我们曾经都是逃离者。可是，如今我们说起油菜花，说起三四月的秧田，内心止不住地觉得亲切；看见庄稼，总觉得如遇故人。回头看人生，还是认同挖一口塘、种几亩地、生养两个孩子的日子是庄严安稳的。

寻常是美，朴素是美。这样的美，又极庄严。

原来一直不曾逃离，对抗了小半生，最后，还是喜欢桐花。逃了小半生,最后还是愿意俯身低眉,做一个母亲和妻子,做得不需要名字。

如果是花,自己还是一朵桐花。在尘世之间,一花,一园,一人家。

桐花如常,一切如常。

像紫藤萝一样

植物生长开花,是一件充满忠诚和梦想的事。

在紫藤萝那里,我读到了生长的忠诚和生命的蓬勃与不息,我读到了一种坚持的力量和一种韧性生长的劲头。

到山中去,汽车穿过两山之间的水泥路。水泥路顺着山势缓缓起伏,车子也跟着缓缓上坡和下坡,儿子快活得像是在起伏的波浪里嬉戏的小鱼。路两边的森林里不时有鸟声传进来,森林幽深,鸟声格外清脆。儿子在车子里叽叽喳喳——他跟我描述他的未来、他的梦想,彼时的他已在内心搭建起他的未来城堡。

"妈妈,那紫色的花是什么花?"儿子忽然指着窗外闪出的一丛紫花问我。已经是四月了,"人间四月芳菲尽"。这时候,一丛烂漫盛开的山花便显得格外醒目。

"那应该是紫藤萝吧。"我说。心底有些犹豫,在浩瀚的林海之上,一丛紫花蓬蓬盛开,怎么看都显得有些单调和寂寞。而且,在那么浓密的树林深处,一株藤蔓要挤出枝叶,探出花朵,一定生

紫藤萝

长得不容易。

　　车子停下来，人也下了车，问路过的山民，果然是紫藤萝。呼吸着山中潮润柔软的空气，觉得这空气里有叶子的气息，有鸟鸣的气息，有紫藤萝花的气息，有万物生长的气息。闭了眼，心里一叹：真好！紫藤萝花远远浮在绿海上，依然看不清它们朵朵簇簇的俏模样，只看见一片明亮的粉紫的雾在太阳下升起来。山中四月，繁花已谢，是紫藤萝的花，点亮了幽深的森林，点亮了路人的目光，也点亮了这个素淡的人间四月。

小镇的广场边也栽有两棵紫藤萝，如今早已匍匐蔓延成一片紫藤萝的部落。水泥杆搭成的架子已经被它们覆盖成锦缎长廊，无论是风和日丽还是斜风细雨都繁盛花开——那是大户人家办喜事的热闹气象。葱茏的枝叶如静潭凝碧，粉紫色的蝶形花朵成串成簇从枝叶间纷披下来，如同紫色的泉水汩汩而出，花开如有声。人经过，花气袭人，满襟满袖都是香气。花香留人，走远了还忍不住回眸看它，看那紫藤萝的花廊，俨然满载货物的大轮船——这货物是瓷器，是珠玉，是丝绸，是一株藤蔓植物蓬勃生长终于实现的梦想。

县城公园里也有紫藤萝，花开时节，一副珠光宝气、儿孙满堂的样子。有一次，我和朋友一起走进那藤萝廊下，一抬头，满眼是紫藤萝屈曲遒劲的藤蔓。那藤蔓苍老，粗拙，张牙舞爪的，像出水虬龙，像书家的狂草，饶富野性和力量。这是幕后的紫藤萝，支撑一道绿色长廊花开，如灯火辉煌的舞台！我没有想到花开的那一场面如此奢华盛大，而在背后支撑花开的藤蔓是这样平庸的模样，这样艰难生长的姿势！那么多粗细不一的藤蔓，或抱紧，或疏离，默默地咬紧牙，攒着一股力向左盘旋，以逆时针的方向向上生长，向四周伸展绿色。

我抚摸着紫藤蔓的藤蔓，内心阵阵轰然，惊叹一种藤蔓科植物的强大——细细的藤蔓，怀着爬上高高水泥架的信念生长，日复一日，年复一年，终于在半丈多高的水泥架上将绿色摊平，建起了一个叫紫藤萝的部落。多少藤蔓科的花卉终生都是柔柔弱弱的小女子模样，如朝颜，一朝繁花似锦，一朝风霜里凋零，连同枝叶藤蔓一起凋零。而眼前的紫藤萝，以藤蔓科植物的姿势，让自己长出了木本植物的筋骨来，一年一年，在静寂的四月开花，开得壮观大气，开出锦年盛世。

从山中回来，特意带孩子去广场看紫藤萝开花。看过花后，我们躬身进了紫藤萝花廊里看藤蔓，看那些默默生长又粗拙有力的藤蔓。我想在这紫藤萝花荫下再跟他说说梦想的事。我想说，人生就像紫藤萝一样，背后经历过平凡，付出过辛苦，才会有梦想开花的一天。

旧时菖蒲

菖蒲临水而居，幽幽寂寂。

在旧年月里，在我青砖灰瓦的旧宅之后，生长着一大丛菖蒲。寒冬才尽，菖蒲便已出水，那么早，像是候在路口等人。等谁呢？等荷还是菱？这么紧张，怕误了佳期似的。

细细青青的茎叶如同出鞘的一柄柄绿剑，却无凛凛剑气。端午前后的菖蒲最为茂盛，远看河边像是浮着一片暗青色的云，将雨未雨的样子。那菖蒲香味扑人，风起时更甚。小坐河畔，弄得满怀满袖都是菖蒲的味了。

我父亲叫它水剑草，我也这样随着叫了多年，直到多年后的今天，才这样郑重呼它菖蒲。这郑重里似乎已经有了远意，时空隔出来的远意。是啊，菖蒲的身份只是草！它的身躯不伟岸，气质不高贵，它只有那一身平民的青碧，在初秋开紫色的花——是忧伤浅浅的紫花。

去苏州游览园林，看那些园子里小桥流水，看红鲤嬉戏莲叶之间，看清水里倒映着八角小亭的影子，心里忽然空了一下。菖蒲呢？

菖蒲在民间，在僻静的乡下水塘边，在寂寞的沼泽深处。菖蒲的家世不显赫，姿态担不起奢华的场面，自然受到冷落。

幸而，夏秋之间的乡下河塘里，有着喜事一般的热闹。菖蒲在近岸处绿叶摇曳如波如帐，菱角的碎小白花已经谢成了一弯弯红色的果实。菖蒲和菱角相伴在乡间的水塘里，俨然欢喜的情侣。

但，聚过是散，喜后余悲。菖蒲风里采红菱，一捧捧，鲜艳可人。菱角出水离岸后，很快被送上了街市，直至它们端庄地坐进了一个个白瓷的盘子里，像青涩少女焕然一新做了大户人家的少妇。而菖蒲，还在远水边守着一片白水日渐寒凉，直到叶残冬尽。

这是菖蒲的命运。它只能演绎成红菱的旧情。红菱后来的隆重没有菖蒲。我替菖蒲感到悲辛。《本草秘录》里也有关于菖蒲的文字，是说石菖蒲的："味辛而苦，气温，无毒……然止可为佐使，而不可为君药。"中药方剂的组成原则有四个字："君""臣""佐""使"。"君药"是主药，"臣药"是辅药，"佐药"的意义在于协助"君药"和"臣药"以加强治疗作用，或用以消除、减缓"君药"和"臣药"的毒性与烈性，"使药"则是充当了引经药或调和药性的药物。《本草秘录》里的这一句，说的便是石菖蒲的命数了罢：石菖蒲不是主药。物和人都在命里走着：这一辈子，注定做命里的配角了，辛兮苦兮自己知。

我们这一生里大约都遇上过一株菖蒲。

他和她是同住在一条河堤上的两个人。她十几岁时背着书包上学，日日自他家门前经过。他躲在窗子后面看她，将她的背影长长地送到芦苇那边。她一毕业他就央父母托了媒，中间折折转转的欢喜和悲伤，不敌琐屑的世俗和势利，她到底没有成为家世平平的他的新娘。又或者，他和她是青梅竹马的一对人儿，住在小镇上的一条街巷里，一道上学一道回家。只是，玲珑秀丽的她终于考进大学，然后落户繁华都市，而老实清贫的他中学毕业就接替祖业，一辈子守在粉墙斑驳的老街。许多年后，她回娘家，穿着三寸高的高跟鞋经过他家门前，恨不得脱了鞋子撂着一双空脚来走，轻轻复轻轻，只恐踩疼了他门前的暮色或露珠。她知道，她是他最深、最重的疼。他是她命里最初的人，她在他怀里遗了初吻，失过小魂。她长成了凤凰，远栖都市梧桐枝，挣着不低的薪水，过着体面的生活，巧妙应付丈夫对她少女时代的情感履历的追问。他在旧地方娶了一个不爱的普通女人，生下一双儿女，日子就那么淡淡地过。他过得简单而清贫，唯一的财富只在内心：和她从前在一起的那些流光碎影。她想起他时，会去听忧伤的歌；她听忧伤的歌时，总会想起他。他是她终身不愈的暗疾。

"嘀嗒嘀嗒嘀嗒嘀嗒，小雨它拍打着水花。嘀嗒嘀嗒嘀嗒嘀嗒，是不是还会牵挂他……"

年华都嘀嗒嘀嗒地碎掉了，还在牵挂。但芒草都已白了青山头，一切都变老了，回不去了。

在一方白纸上写上他的名字，轻轻念出来，眼里水雾漫漶，仿佛回到旧时故乡，面前河水荡荡。隔着河喊他："菖——蒲——，菖——蒲——"

沙家浜的芦苇

《诗经·秦风·蒹葭》里写芦苇,写得风雅婉约:"蒹葭苍苍,白露为霜。所谓伊人,在水一方。"想象着那画面:满河满溪的芦苇,青碧茫茫,绿叶上的露水已经凝成了薄霜,秋色渐深,晨气微凉,叫人忧伤。那个美好的女子,还在秋水的那一边。一春一夏的时光若水汤汤过去,唯有一片浩瀚的深秋芦苇被渲染成了一场相思的薄凉底色。

其实,不是芦苇有那么风雅,那么儿女情长,而是我们的先民风雅。他们的生活和情感,浪漫得让后人嫉恨,即使忧伤,也忧伤得那么婆娑有姿。即便是一段幽暗的情怀,也能被那些草木衬得生出明丽的绿光来。来到了沙家浜,来到了阿庆嫂的茶馆里,隔窗看那些芦苇,就全然是另一种气象了。

沙家浜的芦苇,大气磅礴,莽莽苍苍,是大手笔、大写意,是千军万马奔腾的绿。

芦苇在水里,芦苇在岸上,芦苇在湖中的岛上,芦苇在林荫小道的两旁。凭依木桥，放眼望，湖水泱泱，满目是五月的浓碧，不知道是芦苇将湖水揽在了臂弯里，还是湖水拥芦苇在怀抱。这真是芦苇的部落！

正是初夏。看花，花已落；赏果，果还未成。这样的寥落时节，

芦　苇

却是芦苇最好的时候。在沙家浜，在芦苇最好的年华里赶来与它相遇，这是幸事。它们亭亭如修竹，俊逸如世外雅士。微微摇曳的芦苇像绿色修长的手臂，轻轻抚摸白色的飞鸟、狭长的流云和青灰的天空。它们又和飞鸟流云以及天空融在一起，融成了水底琥珀一般的倒影。我们在芦苇丛里穿行，拂面的是芦苇的风，呼吸的是芦苇赠予的空气。那夹杂着浓郁草本植物气息的空气，让人一时间忘了

路途、失了方向，却也闲闲淡淡的，不着急。沙家浜半日，怎么想，都觉着过得奢侈。

帕斯卡尔说，人只不过是一根芦苇，是自然界最脆弱的东西。这里以芦苇为喻，突出人之脆弱，可见芦苇也是脆弱的。我想，从某根芦苇个体来说，确乎脆弱，即便长到竹木的高度，可触摸天空，到底还是一根苇草，逃不掉草本植物难禁风霜的命运。

但沙家浜的芦苇又是顽强的。千万根芦苇在水泊，那就是敢于改天换地的英雄好汉啊！狂风经过，芦苇在水面掀起汹涌绿浪；风雨之后，芦苇又一根根挺起笔直的脊梁。即使被砍伐、被火烧，来年春风一唤，一根根又从泥土之下举起尖尖的绿戟。

京剧《沙家浜》里，那位敏锐机智又勇敢的阿庆嫂，就是借一片茂盛的芦苇荡来掩护了新四军。谁会想到，这样清水绿芦的好地方，竟是与敌斗智斗勇的战场！那一根根临水生长的苇草，在血雨腥风的年代，都生了胆气与豪气，成了一个个杀敌除寇守卫家园的战士。一根芦苇是渺小脆弱的，千万根芦苇站在一起，就布起了阵势，就有了战斗的力量。千万根芦苇密密生长，就长成了芦苇的海，就显现了蓬勃的生命大气象，也显现了坚不可摧的民族大精神。沙家浜的芦苇，书写的不是《诗经》里小儿女的小情调，而是一种关乎民族大义的大境界。

个体融入群体，水珠融入大海，才会焕发永不消亡的生命力。面对着眼前那一片苍茫无边的芦苇之海，我想生命短促如朝露，也许唯有将倏忽之间的生命融入一桩热爱的事业中去，孜孜不倦，全力以赴，生命才会呈现一种恒久而辽阔的魅力。

在沙家浜，真想做一根葱碧无花的五月芦苇，亭亭而立，静静生长。至于此后的荣枯与浮沉，就交给江湖上的风雨和日月来安排吧。

素色夜来香

夜来香是寂寞的。

在未识夜来香之前,觉得夜来香是妖艳媚人的——浓情蜜意的媚。它是一株怎样的植物呢?它开出的花朵,该是血色罗裙一样吧?灼灼的,令男人们的目光纷纷"跪拜"下来。

我一直以为,那个在十里洋场的上海滩演戏唱歌的周璇,就是一枝夜来香。"夜上海,夜上海,你是个不夜城。华灯起,车声响,歌舞升平……"蚕茧一样紧紧包裹着长旗袍的她,在华灯与掌声之间,对着麦克风轻轻摇曳着袅娜腰身。她是晚霞映照的湖面下的曼妙水草,五陵少年绅士贵族们的目光像游鱼一样围绕着她来回穿梭,直到美酒污红裙,夜色阑珊,长街灯火暧昧如酒后情人的眼神,方才曲终人散。黄浦江畔的整座城市都为她夜夜销魂,她是一枝神奇的夜来香。

多年以前,我在学校的文学社里混,结识一女性朋友,她被多才而多情的男同学赠一别名"夜来香"。那时,我眼里的她也是媚的。

一袭不羁的红衣翻飞在身,笑起来陷出两个深深的酒窝,像辽阔的湖,能让男人栽进去。周末,她跟男同学们在一起大碗喝酒,称兄道弟。我实在欣赏她,觉得她的人生汪洋恣肆。

我想,那种名为"夜来香"的植物,一定也像她一样吧:乱红缤纷,墙里墙外,香绕古老村落。

有一年夏天,舅舅来我家,闲聊中扫视我花草半零落的阳台,道:"明天我送你一盆夜来香吧!"舅舅爱侍弄花草。第二日,他果然送来了一盆夜来香。只是,它实在令我大失所望。所谓夜来香,竟是这样貌不惊人:枝和叶,都近似桃树;绿色的花骨朵,简直是一簇燃过已灭的火柴棒,何曾有桃花的娇羞妩媚。

与这样一株平凡的植物相对的时候,便又想起多年前的那位女性朋友。我已经与她无往来有好几年了,这原因似乎不全在我。她忽然就很少出来与大家喝茶喝酒了,电话短信更是寥寥。后来她电话号码换了,地址换了,像闲云野鹤一样,一下子就逸出了红尘。她有博客,偶尔打理,对外人不回复,不关注。她似乎连投稿的心意也没了。原来,她真的就是一株夜来香,有着这样素淡安静的内核。

夏天的夜晚,夜来香如约开放,花香袭人。一朵朵淡绿的小花朵,挤着打开小小的花冠,像一个刚出壳的鸟儿张开嫩喙来,千言万语的样子。那浓烈的花香似乎就是它们续续想要道来的情意,只是,这样的浓厚情意似乎找不到一对愿意倾听的耳朵。

听人说夜来香的花香是有毒的,因此,我不敢将它放在室内。我把它放在阳台上,关上玻璃窗子,然后隔着窗子端详那一簇簇怒

放的花朵，嗅着游进来的几丝花香，怀着一颗贪婪又忧惧的心。

戒心重重又不无欣赏地隔窗看它，想着夜来香的花朵这小小的身体，在夜色下竟爆发出这样气场强大的芳香，然后在露水初干的清晨，又倏然收拢花瓣，芳香隐逸。大开大合之后，收场冷峻决绝。热闹给别人看，不忘形；寂寞独自担，无怨艾。

有一日，偶然翻中药书，才知夜来香也是一味中药。它的叶、花、果，都可入药，有清肝、明目、去翳、拔毒生肌的功效。中医认为它性味甘、淡、平。读书至此，不禁为阳台外的那盆夜来香感到委屈。我那样害怕它的芳香，像害怕一个冶艳风骚的女人走进自己的生活，以至遭遇颠覆或不洁。我把它远远置于阳台，还要关紧窗子，却不懂这散发醉人香气的夜来香却有着清淡平和的内在。

开在黑夜里，难有人眷顾回眸，夜来香是寂寞的；有着浓烈花香却境遇冷清，夜来香是寂寞的。那个隐在文字之后、几乎很少露面的旧友，想必也是寂寞的。而唱着《夜上海》的周璇虽然周身璀璨，却也不过是想要一桩普通安稳的婚姻来安放浮萍样的身心。然而三次婚恋都是善始不能善终，她病逝时仅有三十七岁。她辉煌而短促的一生，那寂寞的基调，怕也只能用阿炳的二胡才能嘶哑着拉出来吧。

夜来香是素色的，寂寞是素色的。

菊花禅

曾经,我常去庵里。去庵的路上,会路过一丛菊花。

那时候,人陷在一段情感沼泽里,左右奔突,寻找出口,日子乱得如一堆挂满枯树枝的渔网。于是,无着无落时便去庵里走走,偶尔也烧香叩头,面对高堂上一张张佛的脸,问来去的路。

夏天去庵里,会穿过一条细细的巷子,柳条一样细。在巷子的墙根下,卧着一大丛绿色植物,有的长在水泥路边裸露的石子里,有的长在墙根下的砖缝里……我想那些根,也一定是一只只苦闷的脚,在泥土和砖石间艰难地寻找方向吧。来来去去,这一丛绿色便蔓延进了心底,但我依然以为那是野蒿。我的心里又何尝不是挤着一丛乱纷纷的野蒿呢?

秋天的时候,天空似乎被陡然撑起来,格外高远,阳光如同新擦去陈垢的瓷器,心里也一点点亮堂。彼时去庵里,已经成了一种习惯。小巷的墙根下,远远看去,明艳艳的一片。走近细辨,原来是菊花。想来应该是茶菊一类的,花朵纽扣一般大小,叶子也比花

黄菊花

市里的菊花要小，要瘦，要薄，难怪我不曾把它认作菊花。整整两个季节，这一丛植物就在这一处背阴的墙根下生长，以野蒿的身份，清寂地生长。此刻，这千万朵黄色的小花是它们新睁开的眼睛。它们曾经一叶一叶地探着走过春夏，如今终于可以看见一个开阔清明

黄菊花

的秋日天空。

不知为什么,心里像照见了光似的,仿佛一袭发了霉的黑幕布拉开,前方的舞台上,灯光人影,依稀可辨。我知道,自己向佛问了一季的困惑,终于在一朵朵黄色的小菊花上得到释然。蹲下身,摘一朵小菊花,凑过去嗅,清幽的香,香里有恬静而内敛的心思。总觉得,这一丛离庵不远的菊花,也得到磬音浸染,于是一花一叶都有了禅意。

那么多求佛问路的人,路过小巷,路过菊花,匆匆来去,没想

过为一丛绿叶停一停，没想过去过问一下它们是否是一丛菊。菊花无言——生命中难免有一些暂时的错认吧，所以，它不急。它该长叶时长叶，该开花时开花，哪怕凌霜而开。而人生的许多疑惑，原来是无须急于求解的。时间流逝是泥，总会一层层沉淀下去，是水终会清得能映出一轮皓洁的月来。只待一个适当的时机到来，哪怕是一缕风、一朵花、一根草，都可以让一个遭受熬煎的心灵顿悟，如茧，无处不可以成蝶。

宋代周敦颐在《爱莲说》里说："菊，花之隐逸者也。"我想，诸花之中，菊大概是最有禅心的了。因淡定而归隐，因归隐而愈发淡定与宁静，一步步修出禅心。一个人的情感也该是这样，隐在时光之后，一点点褪彩褪垢，慢慢将内心修得平淡宁和。

冬枯春发。春天的时候再去庵里，路过小巷，拔了几棵小菊苗放进包里，回家栽进精致的花盆里，早晚浇水，叶子还是萎谢了，到底没栽活。它有自己习惯的土壤，它有自己习惯的阳光，它有自己的场，它懂得坚守与摒弃。它坚守淡处见真的土壤、空气、阳光与水，它摒弃种花人浓厚情意的小庭院侍弄。

多少年后，我坐在简朴的书桌边，泡一杯菊花茶，闲闲地翻书。在等与不等之间，小半个时辰过去，揭开盖子，看见三五朵指甲一般大小的小白菊悬在微微荡漾的清水里，宛如清秋午后西墙头上经过的几片浮云——轻盈，闲淡，通透。在菊香隐约中，想起当年的庵，似乎又听见梵音自远方传来。此刻人淡如菊。

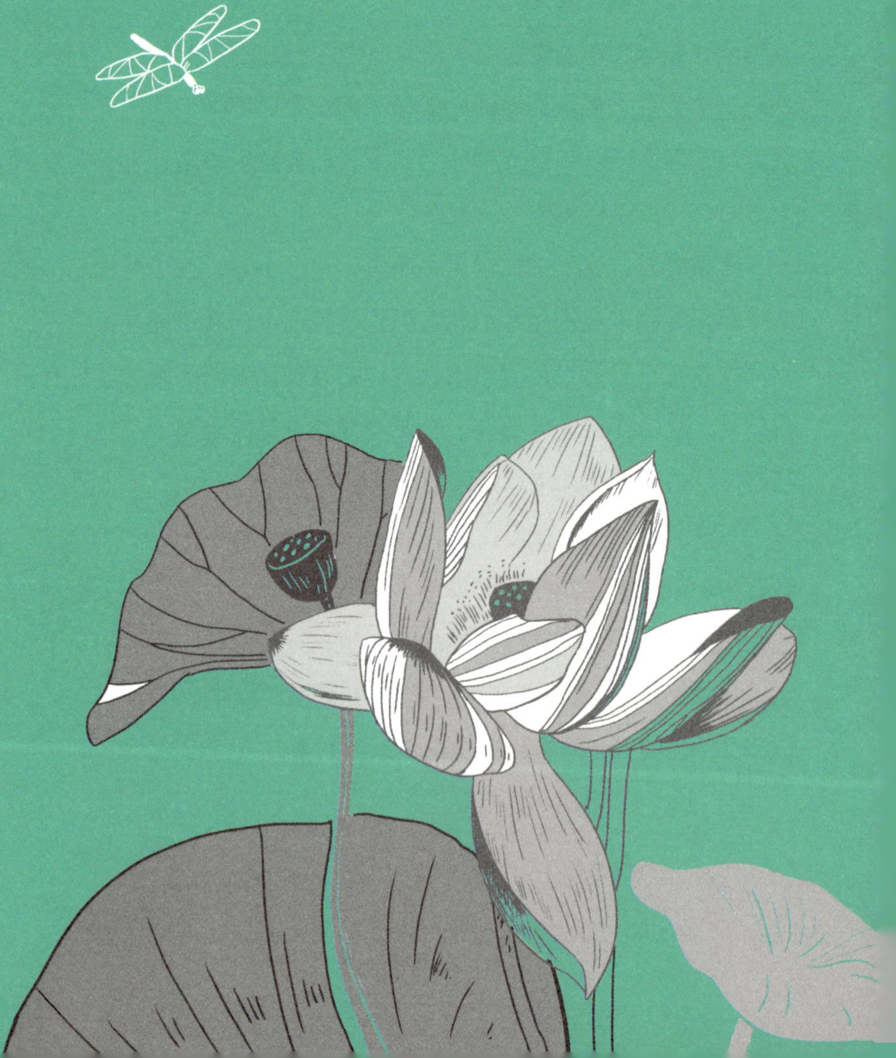

第二辑

生长在古诗里的草木

中国梧桐

（一）

第一回读词，是南唐后主李煜的《相见欢·无言独上西楼》："无言独上西楼，月如钩。寂寞梧桐深院锁清秋。剪不断，理还乱，是离愁。别是一般滋味在心头。"

从此，梧桐不是我家门口的那棵梧桐了。

那时我家屋西边也有一棵梧桐，高大挺拔，春夏青叶郁郁，黄昏时摇动，枝头金光灼灼。可是，读到李煜的"寂寞梧桐深院锁清秋"后，一片明净心湖倏地起了层雾——原来梧桐可以是寂寞的，深深的庭院是可以锁一锁满目清秋的。这是多么美妙又怅惘的体验！

李煜的这首词，是从小学语文老师那里知道的。那时语文老师高中毕业没多久，高考落榜到学校给我们一群乡下娃教语文。那时他常穿一件乳白色的翻领风衣，一头短发乌黑浓密，从学校门前的塘埂上轻捷矫健地走过，青葱挺拔得像一株春光里的乔木。有一天

梧桐树

语文课后，我们在写作业，语文老师一个人在黑板上寂寂写下这几行长长短短的句子。我悄悄地读，读得唇齿生出清凉的幽香。

那时我们小学是一排十几间的红砖瓦房，走廊前栽有长长一排梧桐。彼时是秋天，梧桐叶已黄。我不知道，语文老师是因为眼前的梧桐才想起了李煜的词，还是语文老师也幽幽怀有一段清愁。那时，我不知道一个高考落榜生成为一个乡下代课老师是一种暂时的安慰，还是理想未酬、独对寂寞乡野光阴的孑然失落。多年之后，我才知道，小学走廊前的梧桐和我家屋西边的梧桐，都是法国梧桐，根本就不是李煜词里的那棵寂寞梧桐。李煜说的梧桐是中国梧桐，又名青桐，树皮绿色，高大挺拔，能生长至四五层楼的高度，可堂堂担起"乔木"二字。这种枝叶荫郁的乔木，还喜欢阳光，好生于温暖湿润的环境中，所以南方多梧桐，南唐之国多梧桐。

后来，我读了李煜的许多词句："塞雁高飞人未还，一帘风月闲"（《长相思·一重山》），"自是人生长恨，水长东"（《相见欢·林花谢了春红》），"小楼昨夜又东风，故国不堪回首月明中"（《虞美人·春花秋月何时了》），"梦里不知身是客，一晌贪欢"（《浪淘沙令·帘外雨潺潺》）……可是，凉风贴着湖面徐徐而过，贴在我心上的还是寂寞梧桐啊！

中国画里很少见到梧桐，多的是松竹，也有杏梅。宋徽宗画有一幅《听琴图》，琴者身着道袍，端坐树荫下抚琴，旁边的木几置一香炉。左右各有一听者，一个执扇低眉若有所思，一个仰面神往，童子在侧。琴音悠扬中，老松苍翠，凌霄吐香，竹影横斜。我叹服着一个皇帝的画作，可心底总有不甘：为什么琴者身后的那棵树不是梧桐呢？为什么那么多的画者笔墨丹青里都绕过了梧桐？是因为松比梧桐更老吗？

梧桐似乎只落落生长在诗人词人的后院，伴着秋风，伴着细雨，自南唐，到宋代，到元代……一路低回，一路忧郁。

李煜的梧桐除了"寂寞梧桐深院锁清秋"之外，还有"辘轳金井梧桐晚，几树惊秋。昼雨新愁，百尺虾须在玉钩"。（《采桑子·辘轳金井梧桐晚》）秋风摇梧桐，黄叶翩翩飞，落于石井边。秋雨已然下起，长空之下，更添一段新愁。长长的珠帘被玉钩拢挂起来，谁人在帘边小立独自消受这叶落雨落的时光呢？李煜的梧桐，是湿淋淋沉落在秋雨斜阳里的梧桐，是悲秋的梧桐，是怅恨故国故园不堪回首的梧桐。即使是春花萌发的季节，梧桐也是病愁的。他有一首《感怀》。诗里写道："又见桐花发旧枝，一楼烟雨暮凄凄。凭阑惆怅人谁会，不觉潸然泪眼低。"

是李煜的家国之悲，凉了梧桐。自李煜后，梧桐有了身世之感，有了家国之痛，有了沉痛忧郁的气质。

李清照一脉接续着李煜的声气腔调，在南方的纸窗下写下了著名的《声声慢》："梧桐更兼细雨，到黄昏、点点滴滴。这次第，怎一个愁字了得！"词从"寻寻觅觅，冷冷清清，凄凄惨惨戚戚"这十四个字的叠词写起，才开篇，已是哀怨凄婉不尽。后面，只有用更凄冷的梧桐和秋雨来压一压了。彼时，女词人已经南渡，北宋已亡，丈夫已逝，曾经耗尽心血收藏了十余屋的书册也在战乱中被焚。遥望中原家万里，她身在多雨多梧桐的南方，独自听雨滴梧桐，看黄花满地。此时，国破家亡、天涯沦落的李清照眼里的梧桐秋雨，已然浓缩着南宋王朝的愁和恨。

自李煜、李清照之后，握笔写诗词的人，提笔的刹那大约都要先掂量掂量，心里的那点凉风，够不够摇动一棵中国的梧桐。

（二）

在南唐之前的诗文里，梧桐不那么萧瑟悲伤。

它自在生长于南方多雨多阳光的天地里，从宫廷到市井，从庭院到山道，成为广植的树种。甚至，从南唐回望过去，望到李唐，望到刘汉，望到伏羲，中国梧桐的那抹翠荫亭亭如盖，一路都在诗歌的吟唱里连绵起伏。

"垂緌饮清露，流响出疏桐。居高声自远，非是藉秋风。"从唐人虞世南的这首《蝉》里，我也是顺路领略了梧桐和秋风，可是，没咀嚼出哀愁。我只看到了"居高声自远"里的"高"——那是高蝉栖息的高树，一棵秋风里孤高标立的梧桐树，可给予一只理想附身的蝉以家以露的高树。

唐人也借梧桐写愁思。梧桐春天发叶晚，偏偏秋天又落叶早。所谓"一叶知秋"，这"一叶"应是梧桐的叶了。所以，梧桐和夕阳一样，最易勾起人们关乎时光流逝的叹息。

唐人薛奇童在《楚宫词二首》里写道："日晚梧桐落，微寒入禁垣。月悬三雀观，霜度万秋门。艳舞矜新宠，愁容泣旧恩。不堪深殿里，帘外欲黄昏。"一首宫怨诗，一个女子独对黄昏，欢爱已不在，只有暮色层层加深。宫怨，从一片飘落的梧桐叶开始起笔。这样的怨，若拿到杆秤上称一称，怎及得上李煜和李清照的那一片梧桐！

李白也写过梧桐："人烟寒橘柚，秋色老梧桐。"这首《秋登宣城谢朓北楼》，有人说他是借登宣城谢朓楼怀念他的偶像谢朓，来表达对仕途不顺的愁闷。可是，奇怪的是我从这诗句里读到的是一种隐隐的劲挺的不服输的精神。也许梧桐已老，但苍劲还在。那挺拔勃发的姿态，一如理想主义的李白。

但，和李煜的梧桐比起来，唐人的梧桐诗再怎样悲秋伤时，还只是不高不低的那句承接，最激愤和最低沉的那个音区还不在这个盛世王朝里。

白居易在《长恨歌》里这样写明皇思念贵妃："春风桃李花开日，秋雨梧桐叶落时。西宫南内多秋草，落叶满阶红不扫。"写到秋雨梧桐，也只是这样匆匆一笔扫过，意思一下而已，没展开，没渲染。可是，到了元人白朴写李杨的爱情悲剧时，干脆就把这本元杂剧取名叫"唐明皇秋夜梧桐雨"，简称"梧桐雨"。在李杨的爱情故事里，有多少物件环境可用来以物写情啊——牡丹、酒、明月、青丝都可以。可是，白朴却只拣了梧桐，秋雨梧桐中的梧桐。大约因为梧桐作为情感载体，作为悲情的文学意象，经过南唐李煜"寂寞梧桐深院锁清秋"的渲染，之后又经过凄风苦雨里的南宋词人笔墨培育，已经在中国文学里蔚然成荫。"这雨一阵阵打梧桐叶凋，一点点滴人心碎。枉着金井银床紧围绕，只好把破枝叶当柴烧，锯倒。"明皇听雨打梧桐，情不能已，迁怒于梧桐。高力士劝道："主上，这诸样草木，皆有雨声，岂独梧桐？"

是啊，诸样草木皆有雨声——杨柳雨、杏花雨、梅子雨、荷叶雨都有，却都不似这梧桐雨惊魂破梦，助恨添愁，彻夜通宵。

梧桐雨声惊魂破梦，这样的暗疾，大约从李煜那里已经生起。

唐明皇在梧桐雨声里思念贵妃,在他身后,一个泱泱大唐也从笙歌燕舞的盛唐,缓缓步进烟水迷蒙的晚唐。

(三)

大地上生长的梧桐可不管文人的西风秋雨。大地上的梧桐依旧蓬勃生长着,一棵树成为一座绿岛,一棵树可荫庇一座庭院,一个又一个村落和城市以"梧"或"桐"来命名。

广西有个梧州市,梧州市下有个苍梧县。就因了这地名,我一直想去那个叫苍梧的小县城去看看。"苍"是青色的意思,苍梧那地方,想必是多生高大苍翠的梧桐树了。当夕阳如火之时,葱翠的梧桐叶上余霞颤动,是否像一只凤凰归巢栖息?有趣的是,我从前在江苏连云港的《苍梧晚报》上经常发些小散文,每次收到朋友寄来的样报时,我会对着"苍梧"二字怔一会儿。想象海风吹拂,带着微咸的湿意,那些叫"苍梧"的街衢与小巷里,高大蓊郁的树叶在风里翻飞,哗哗的叶声,是歌吟,是对语……那一定是梧桐千百年前的样子。

唐人李顾有诗《题僧房双桐》:"青桐双拂日,傍带凌霄花。绿叶传僧磬,清阴润井华。谁能事音律,焦尾蔡邕家。"

在这首《题僧房双桐》里,我没读到禅房或者禅诗里应有的虚空枯寂,却反而看到了茂盛的梧桐,以及梧桐荫里漏下来的被染绿的阳光。我读到了一种蓬勃生长的节奏:梧桐在长,凌霄花在长,向着天空,向着太阳。

梧桐树

大地上生长的梧桐，真实的样子就是这样的。树高荫浓，即使生长在禅房之前，也不影响它的青葱挺拔。

《子夜四时歌》里也有写梧桐。梧桐开花结实则是另一番风景："仰头看桐树，桐花特可怜。愿天无霜雪，梧子解千年。"这里，"可怜"是可爱的意思，是指花正开得好。桐花碎小，浅浅的青黄色，好像桐树志不在开花上，而在建构枝繁叶茂巍然耸立的宏大气象上。许多乔木都是这样，志不在用花朵献媚讨巧。

有一年夏天，陪父母去乌镇游玩，从杭州坐高铁到桐乡。出了桐乡站后，站在广场上偶然回眸刚好看见高铁站上方那高高的"桐乡"两个字，一时莫名激动。桐乡桐乡，是梧桐之乡吗？每次在一些地名上读到"梧"或"桐"，都有一种面对故人的泫然之感。这种亲切与激动，回头看，应该还是从宋词到唐诗，到乐府民歌，到《诗经》，一路的文学草木喂养出的认亲本能。桐乡，杭嘉湖平原上的这个县级市，旧时也是桑蚕之地，其得名大约是因为在诗歌一样成行成列的桑树之间，还挺立着一株株高大乔木吧——那是制琴的梧桐，是等凤凰来的梧桐。我行走在桐乡的绿荫下，彼时彼地，忽有无限乡愁在心头堆积——那是一种无关地理、无关出生地的一种文化意义上的乡愁。

安徽有座文化底蕴极其深厚的城市——桐城，出过在文学史上留下浓墨重彩一页的"桐城派"。想必桐城也多生桐树，在桐树下披覆一肩桐荫的才子徐徐走过……人和树，彼此都正值青春。

汉乐府《孔雀东南飞》里，庐江府小吏焦仲卿和妻子刘兰芝双双殉情合葬后，诗里写道："东西植松柏，左右种梧桐。枝枝相覆盖，叶叶相交通。"这是写爱情，却也让人领略了汉时的大地草木——多么蓊郁的中国梧桐啊！青枝翠叶，一生长，就有了汉赋的铺排之势。后来去庐江采风，到孔雀东南飞纪念馆所在的汤池镇，我一路留心，想在法国梧桐广种的今天找到那棵中国梧桐——本土的、纯种的、古意的中国梧桐。朋友说庐江是有青桐的，很遗憾，我没遇到。

今夏陪家人去威海，回程路过济南，顺路去了趵突泉。在趵突泉公园里，没想到有李清照纪念馆；更没想到的是，在李清照故居的庭院里，我迎面撞见了一棵中国梧桐。掌形的叶子，片片交叠，叠出深深浅浅的树荫。叶子实在是绿——那样的绿，比江南的柳绿要深厚，比幽涧的苍松之绿要洒然明朗，颇有《二十四诗品》里的"沉著"之品。

我站在梧桐树下，沐浴着盛夏的桐荫，呼吸着梧桐叶濡染过的空气，一时感动不已。回眸几十年的光阴里，我遇见过那么多的草木，但它们都不是我在诗词里凝望的中国梧桐。而今朝得见的竟是李清照窗前的那棵。

流连在李清照的庭院里，感觉自己像要融化了——融化在梧桐浓郁的清气里。四周芭蕉婆娑，梨树挂果，一派草木葱茏的气象，衬得那梧桐枝繁叶茂，郁郁葱葱——依稀是那时，烽烟未起，庭院的主人还未南渡，季节还未入秋，冷雨还未点点滴滴地下。

(四)

在乔木的世界里,梧桐独具清贵气质。它枝高叶大,挺拔茂盛,气宇轩昂。

《太平御览》里有"井桐栖灵凤"的句子。古时的殷实人家常在院子里或在井边栽种梧桐,因为梧桐不仅形态有丰茂可彰之势,而且还是祥瑞的象征——神鸟凤凰非梧桐不栖。

凤凰高贵清洁。它以高枝为居,以竹实为食,以甘泉为饮。《诗经·大雅·卷阿》曰:"凤凰鸣矣,于彼高冈。梧桐生矣,于彼朝阳。"梧桐在向阳之处葱翠生长,尊贵的凤凰款款来到,成双成对栖息在梧桐高枝上,彼此唱和。这真是和谐蓬勃的绿时光:树与鸟相依相生,相互映照,相互成全,成为神话和风景。

也许这样广栽梧桐的习俗还是从宫廷皇家传播开来的吧。旧时的皇宫深院里栽梧桐,长长御道边也植梧桐,难怪李煜落笔处桐叶纷飞。

梧桐之所以高贵与神圣,还因为它是古琴最好的制作材料。梧桐生长快,所以材质轻、松、脆、滑,成为制琴材料的首选。传说中的许多古琴都是用梧桐木制作的,所以古琴又有个特别好听的名字:丝桐。

"谁能事音律,焦尾蔡邕家。"唐代李颀《题僧房双桐》诗里的"焦尾"是中国古代四大名琴之一,传是蔡邕所制。蔡邕为东汉人,为人正直,在汉灵帝身边为官时常直言进谏,不为皇帝所喜,后隐居吴地。一日他听见女房东在烧火做饭时传出木柴爆裂声。蔡邕懂琴,知道那正烧着的一定是制琴的良材,于是赶紧从火中救出木柴,制成琴,果然琴音美妙。因琴尾尚有一截烧焦的痕迹,故名"焦尾琴"。后人有联曰:"灵帝无珠走良将,焦桐有幸裁名琴。"

流传于世的还有神农作琴、黄帝制琴、唐尧造琴的传说。琴是最早是属于王侯贵族的乐器,然后从宫廷王府传到士大夫阶层,传到寻常民间。这一路流传下来,多少个朝代就在这悠远深沉的桐木琴音里走远了,烟消云散了。

一段好琴材,还是要靠时间来养一养才能出佳音的。沈括在《梦溪笔谈》里说:"琴虽用桐,然须多年木性都尽,声始发越。"一个制琴者,要在向阳的那片山坡上辗转流连多少个清晨,才能千挑万选伐下一棵梧桐!然后要把这梧桐扛回家,闲置在院子里,由着风日对它。一置多年,某日拾起来掂量,触摸着那纹理间的水分都已让风日收尽,这才开工。如此,一棵梧桐从幼苗出土,到成为皇宫华府琴几上的一张琴,这寂寞的光阴要多少个少女的豆蔻年华相接才能等同!

(五)

我想,在南唐的宫苑里,在丝竹悠扬的小楼上,一定也有一张高贵的古琴陈在琴几上,琴上面纤指弹拨,替人说忧伤。

喜欢"南唐"这国名许多年了,不知道是不是因为李煜。绿荫绕窗的夏夜,在雨声里读李煜的词,忽然想起来查查南唐国址。查到后一惊，竟就是今天江西、安徽和江苏一带——长江中下游一带的江南江北呀！天！我一时感慨不已。我今生长、生活四十余年的这方土地，原是旧时南唐之国。那个被后人称为"南唐后主"的李煜，就在南京，与我只一江之隔。

只是如今与我一江之隔的南京，多的是法国梧桐。南京多法梧的原因，据说有三个版本。一个版本说是由法国传教士引进的。一种说法是因为孙中山喜欢法国梧桐。法国梧桐又名三球悬铃木，可象征三民主义，所以中山先生在南京广种梧桐。流传最广且最动人的版本是，因为宋美龄喜欢法国梧桐，所以蒋介石从法国引进两万棵树种，从美龄宫种到中山北路。秋天梧桐叶黄时，从空中俯瞰，梧桐连荫成一串宝石项链，仿佛替人款款表达爱意。

一千多年前，李煜在他的南唐都城——南京徘徊不眠时，宫阶下，风吹梧桐，满院秋色。他大概不会知道，一千年后，风还在吹，雨还在下，江南的烟雨月色中婆娑摇动的大多已是千万棵外来树种——法国梧桐。

如果没有战争，南唐该多好啊——占据着长江中下游的江南江北肥沃国土，岸上采桑采茶，水里采莲采菱，物产丰饶，经济发达，支撑起文化繁荣，从民间到宫苑，空气里飘满诗酒芬芳……如果可以穿越，让我选择一个古代的王朝来度红尘，我真愿意在南唐的柳堤上，袅袅婷婷地走过。

盛夏之中，有一个美丽忧伤的节日——七夕。我们在七夕之夜与情人花前月下时，想起的是天上的牛郎织女。我们大约不会想到李煜。李煜生在七夕,死在七夕。他从父亲手里接过来的江山已经是残缺的江山。父亲李璟写下的"小楼吹彻玉笙寒",简直像是一句谶语。风吹梧桐,一座南唐的王宫御苑在残月晨霜里凉寂下去了,即便李煜以臣子之礼侍奉骨骼高耸的北宋,即便一国之主的他见宋使时连龙袍都不敢穿,都于事无补。

好在,还有梧桐,还有梧桐这个文学意象让他排遣一腔春水怨愁。这个"千古词帝"在政治那里遭遇的尴尬和笑话,归于文学的檐下,被秋风梧桐一一拂去。在一千多年的文学长亭里,文学还他以尊严和尊贵。他在诗词里再生了自己的骨骼,拥有了独立的姿态。

我想,在这个世界上,是生长着两棵中国梧桐的:一棵长在凤凰飞翔的华夏土地上,蓬勃茂盛,承载神话;一棵长在南唐之后的文学里,书写着深具美学意味的孤独。

午夜雨歇,在古南唐之地,窗外,新月挂林梢。唧唧的夏虫声里,那郁郁树影可是李煜的梧桐?

南方的荷花开满相思

世间大概没有不爱荷花的人。

当春天的小小荷钱长成了夏日的蓬蓬莲叶,荷花就从那接天莲叶之间亭亭出水盛开,或红或白,洁净无染,永远十五六岁的少女模样。

《诗经》里写古代的男女爱恋,借物表衷肠,有送芍药的,有送红管草的,竟然还有送白茅的。那些礼物真是接地气!爱在天地之间,大地之上生长的植物,一枝一叶皆可寄情。

但是,在爱情舞台上出场频率最高的,还是《乐府诗集》和《古诗十九首》里吟咏的荷,是生长在《诗经》年代之后的荷。

在多水多舟的南方,那些蓬勃生长的荷花,开着开着,就开成了相思的样子。

南朝萧统选编的《古诗十九首》说:"涉江采芙蓉,兰泽多芳草。采之欲遗谁?所思在远道。"

撩起裙子,卷起袖子,涉江采芙蓉。芙蓉在水中央,艳艳盛开,朝霞一般，或者月色一般。低头深嗅花香时，相思在胸中翻涌。芙蓉采了，只想送给那人，只想把最好的最美的都捧给那个人呀！可是，那人不在。

关于荷花的诗歌，我一直深喜这样的四句诗：前两句布景，江水清清，芙蓉盛开，芳草连片，占据着画面黄金分割点之下的空间，映衬着作为主角的荷，然后，人物款款出场，有肢体语言——涉水，采摘，人面荷花相映红；后两句抒情，有内心的波澜——这么美这么芬芳的花儿，我要送给心上人，一抬眉，才想起爱人在远方，惆怅像烟水一样无边无际地荡开了。

在玫瑰拥挤花房之前，我们有过用荷花表达爱情的纯情时光。我们吟诵着这些关于荷花的诗句，就像重逢青梅竹马。荷花，我们本土的爱情之花呀！

荷花的芳名实在多：芙蓉，莲，芙蕖，菡萏，藕花，水华，水芸，水目，水芝，泽芝，静客，溪客……这要有多爱，才会取出这么多爱的昵称呢！

我想，荷花被贴上爱情的标签，大约还是因为"莲"这个名字吧。我们的古人，实在含蓄得可爱，写诗动不动就谐音双关，让你猜。"莲"谐音"怜"，"怜"是爱的意思。

"我念欢的的，子行由豫情。雾露隐芙蓉，见莲不分明。"《子夜歌四十二首》里，这荷花一定是早晨的荷花了，很有一种朦胧隐约之美。宋人秦观《踏莎行》中有句词："雾失楼台，月迷津渡。桃源望断无寻处。"这意境也有凄迷之美，楼台和津渡，都在迷蒙

荷 花

朝雾和月色里若有若无。而理想也是这样，若即若离不可寻。

不确定的东西，往往能带来美感。

爱情也是。从不确定走向确定，然后，大多数再走向不确定。

"雾露隐芙蓉，见莲不分明。"《子夜歌四十二首》说的是雾气弥漫，露水瀼瀼，芙蓉隐约不辨，那莲叶也是看不分明。其实，不是莲看不分明，而是"怜"看不分明，是爱看不分明。她感受到他的爱意，可是，是暧昧的，是如远如近的，是月亮阴沉了脸天要下雨的样子。这怎不令人感伤。

《子夜四时歌·夏歌》还说："青荷盖渌水，芙蓉葩红鲜。郎见欲采我，我心欲怀莲。"真是郎情妾意啊！碧水之上，红荷翠盖，面对此情此景，郎君你大约也会想到芙蓉如面的小女子我吧？而我，也是心上满满装着你这个小冤家呀！

这是基本有了确定性的爱情。一旦确定了，相思起来，这味道就是冬天街头卖的红糖桂花糯米藕，牵牵连连都是醇厚的甜。

《乐府诗集·杨叛儿》里有一首写芙蓉的，画面很文艺："欢欲见莲时，移湖安屋里。芙蓉绕床生，眠卧抱莲子。""欢"是对情人的称呼，恋爱中的人，往往不知天高地厚，啥都敢想，竟然想到若爱莲花，就把湖泊搬到卧室内，让芙蓉绕床盛开，伸手就可拥莲子入怀。

想来，画家金农应该是读过《乐府诗集·杨叛儿》的，因为他有一幅画，画的是莲花。画里，一茆亭悬空架构在莲塘之上，亭下有几，几上一人酣卧。莲塘里，荷花万点，莲叶交叠绵延。画里的人，消受着四面荷香，一定如梦如醒，不知今夕何时了吧？这真是芙蓉绕床生了。杭人金农，作此画时，大约已经年高情淡了，他的笔墨里剔去了民歌里的两情欢悦，唯画出了闲人卧睡在芙蓉丛中的清凉。那是一个人的清凉，却又是广大到整个宇宙的清凉。

但是，民歌就是民歌，二十岁之前，就在民间唱唱情歌。

山长水阔相思不尽，多累人！还不如简单粗暴一点，来一场喘息密集的幽会：芙蓉绕床，莲子在怀；情人在侧，耳鬓厮磨。

唐宋及其以后的诗人们也写荷花，但是，似乎不及他们之前的古人那么风流倜傥了。

王昌龄也有《采莲曲》："荷叶罗裙一色裁，芙蓉向脸两边开。乱入池中看不见，闻歌始觉有人来。"画面是绘声绘色的美，诗人站在高处，欣赏着南方采莲唱歌的风俗画，却不提男欢女爱的小情事。唐人高蹈，似乎都在背负远大志向昼夜奔驰，来不及停下来听一听小民的爱情。

宋人杨万里在《晓出净慈寺送林子方》中写西湖的荷花："接天莲叶无穷碧，映日荷花别样红。"美则美矣，可此情此景已不关风月。分明苏小小的墓就在西湖边的西泠桥畔呀！一段才子佳人的爱情悲剧就近落在笔墨边，可杨万里偏偏绕过去。

在还没有读《乐府诗集》和南北朝民歌的初中时代，我读到的唐宋诗歌里的荷花，大多是本色出演的荷花，不旁敲侧击，不言近旨远。所以，当我第一回读到台湾女诗人席慕蓉写荷的诗时，有一种天地初开、蒙昧终结的凛然震动，和冰雪消融万物萌生的

荷花

嫣然明媚。

  二十世纪九十年代初，我正是情思懵懂的少女时候，读席慕蓉的诗集《七里香》《无怨的青春》……诗集装帧极其精美，在印了淡淡荷花的彩色内页上，我读到她的《莲的心事》。忍不住摘抄下来："我 是一朵盛开的夏荷／多希望／你能看见现在的我……现在 正是／最美丽的时刻／重门却已深锁／在芬芳的笑靥之后／谁人知我莲的心事／无缘的你啊／不是来得太早 就是／太迟。"

  席慕蓉像唐宋之前的那些古人，那些恋爱着的小男女，把爱的忧伤或甜蜜，借天地间一棵平常的植物写出来了，不故作高深，不故意晦涩，不故作姿态，总之，很亲民，像早晨的月亮，落在草地尽头，清白干净。

我被启蒙了。我写诗了，也写荷花，也写爱情。

我写道："我的心／不是再怎样揉搓，总无折痕／请你看我／那风霜中摇曳的／一支秋荷。"

我想，被汉语喂养长大的中国人，如果再要成为一个多情诗人，履历里一定要有一段芬芳年华，那是从南方的荷花前走过的年华。

余光中在《春天，遂想起》里写道："那么多的表妹，走在柳堤（我只能娶其中的一朵！）／走过柳堤，那许多的表妹／就那么任伊老了／任伊老了，在江南（喷射云三小时的江南）即使见面，她们也不会陪我／陪我去采莲，陪我去采菱……"

余光中真好玩。在江南，有那么多的湖泊河港，有那么多像荷花一样的表妹，只是太遗憾，只能采一朵回家做妻子。剩下的那些表妹，他以为她们像荷花一样，一直摇曳在柳荫下。

可是，表妹老了。即使表妹再多，再美，都是要老的。就像荷花老了，莲子落了，最后只剩下叹息。

荷花可以再开，诗人即使归来，只是已无表妹陪他去采荷。少男少女之间的那些往事，像秋荷一样，在霜色里风干枯萎，再也舒展不开。

南方的荷花在开。美丽的少女，穿着白裙子走过长长的柳堤，可是已经是别人的表妹。

南方的荷花在开。南方的表妹老了。

风吹乌桕

乌桕在江湖。它在偏远江湖,独对秋风,用霜色渲染繁华。

在童年,在静寂荒远的乡下,我见过几棵孤独的乌桕。那时,河堤长长,堤上榆荫接柳荫,乌桕不多,高耸入云的只那么一两棵。它们像一个有着另外方言的旅行者,偶然经过吾乡,寂寂作了停留,但到底迥然于其他草木。

我和弟弟还有堂姐们,常常在秋天的乌桕树下玩耍。我们那时个儿太小了,心儿太浅了,不懂得仰首远眺乌桕霜红的枝头,更不会去体味乌桕的秋天跟其他草木的秋天有什么不同。我们在秋天的乌桕树下流连,只为捡拾枝头落下的乌桕子。一粒粒白色的乌桕子,躺在泥地上、草丛里,我们一拾一大把,揣进衣服荷包里。

那一荷包的乌桕子,像珍珠吗?不像。我们觉得它像鸟儿的眼睛,圆溜溜的,带着点狡猾。我们打弹弓,用乌桕子作子弹,打枝上的鸟,打水面上浮游的小鱼,但常常打不到它们。但乌桕子,到底是我们童年的好玩具,抓一把在手心摩挲就像控住了无数只鸟、无数条鱼。我们不关心天上白云翻卷，不关心水边落日余晖，我们摩挲一把白色的乌桕子，像摩挲大地顽皮结实的孩子。

我们像小小的乌桕子吗？

有一天，我们会长成一棵有着旅行者气质的乌桕吗？

那些落下的乌桕子被我们一直玩耍着，总要等秋雨长长下过，等白雪飘落又融化成水，乌桕子和腐叶一起化为泥土，游戏才会结束。

游戏结束了，春天就来了。

乌桕子落过的草丛里，会长出稀稀几棵乌桕苗来。亭亭的干，长到一两尺高，就分出杈枝来。我们拔乌桕树苗，或者摘取乌桕的叶子蒙在嘴巴上吹出啪啪的声音——乡下有那么多的草木，那么多的静寂光阴，可以让我们在植物间横行。乌桕叶子的清气里似乎也透着乡下孩子身上天然的草莽气，清而不芬，那清气里袅绕着微苦的味道。

后来知道乌桕的根皮、树皮和叶子皆可入药，杀虫也解毒，内服或外用，各有使命。我少时体质不好，去过中药房许多次。中药很苦，但是看着中药房的那些小抽屉上贴着一个个草木的名字，竟觉得它们像是招魂的符咒，懵懂好奇之下，有时也能安慰一番吃药的苦涩之心。

生病着的身体像一座漏风的房子。那些根根叶叶的中草药，在汤汁里融化了自己的身体，来缝补一个小女孩漏风的身体。想一想：要怎么感恩呢？

来缝补我的少时岁月的也有乌桕。

乌 柏

　　新发的乌桕叶子泛出微微的红，似乎风一碰，它都会疼。但是，几个朝暮的春风摇一摇，它们便绿了，长成一片片菱形的扇子，一直扇动着，扇到秋天，像有无数个奶奶在河堤的阴凉里摇扇消暑。

　　在偏远乡间，在长江中下游的江北平原上，我和乌桕树，曾经是那么近距离地相伴生长啊！

　　风吹着吹着，我就长大了；风吹着吹着，乌桕就老了。

　　老了的乌桕，似乎就成了风景。

　　朋友跟我说，秋天去皖南看塔川秋色，是一趟不可省略的旅程。

我初秋没去成塔川，倒是在白露为霜的初冬时节去宣城时路过塔川。从车窗边遥望，窗外秋色已是残山剩水。路边的几棵老树下，霜叶落了一层，那是乌桕的叶子。

原来，塔川的秋色是乌桕来出场谢幕的。

若没有风，没有霜，塔川便没有秋色。

在塔川的水泥路两边，可以看到一棵棵新移栽的乌桕，还带着收不住的乡野之气。这些新移来的乌桕，呼应着远处丘陵上的野生乌桕，半认真半散漫地书写着塔川秋色，招引着看风景的人。

我看着那些有着明显移栽痕迹的乌桕，心里微微一疼，莫名起了漂泊感。植物也有漂泊感吗？有异乡感吗？

乌桕，是江湖的乌桕，是山野的乌桕。

风吹乌桕，那是一棵树的沧桑和隐痛。风吹乌桕，乌桕树会不会像我一样，悄悄隐起来，独自承受凋零，承受别离，承受凉薄，承受疼？

有一年，在江南的石台县，我参加过一场文人雅集。其中一个活动内容是，在残雪覆盖的茶山上用山雪泉水煮茶。初冬的山间，视野旷远，山色幽深。一帮文人，在煮茶的松烟袅绕中看山，看茶，看雪。

我看到了一棵乌桕。

几乎落光叶子的乌桕，孤零零在山顶，苍黑色的瘦瘠的枝丫，像隐者现身江湖。我知道那是乌桕。那枝梢上还悬缀着一两片红色的叶子。菱形的叶子，一如我少时上学踩了许多个秋天的乌桕叶。

心上一阵疼惜。乌桕在他乡,老了。

也许,在我们离开茶山的那个午后,最后的一两片叶子也在风里零落……最后,只剩下那些苍黑的枝丫,那是乌桕树黑色的骨头。

那棵彻底卸掉荣华的乌桕,独立于茶山之顶,以异乡者的姿态,在风中,缄默不言。

这感觉,很像一首美国民谣《五百英里》的吉他伴奏,歌里那种离家的淡淡的忧伤和眷恋,像秋风缓缓吹过大地,红色的乌桕叶子纷飞,落了漫山遍野,也在我心上层层叠叠铺了叹息。小娟用英文翻唱了这首歌。曲调更舒缓悠扬,好像落叶飘到秋水之上,随秋水远了。而远方的山谷,暮霭四起,山川隐进了潮湿飘扬的雾里。"若你错过了我搭乘的那班列车,那就是我已独自黯然离去……上帝啊,我已离家五百英里,如今我衣衫褴褛,依旧一文不名。"

许多个独处的时光,我在电脑里循环播放贾斯汀·汀布莱克和小娟两个版本的《五百英里》,一直听,直到窗外的晚霞余光软软铺在对面楼宇的墙顶上。

这个大地上,有多少离家的人哪!他们或者迫于生计命运,或者为了追寻梦想。

他们像歌里的人一样,要常常独自登上列车,来到别人的故乡。

他们像一棵他乡的乌桕,怀着无限凉意和远意,在风里静静地落着心情的叶子。

读南朝乐府民歌《西洲曲》,读到"日暮伯劳飞,风吹乌臼树"时,就觉得秋色起来了。其实诗歌里才值夏季,乌发翠钿的女主角怀着相思,在风吹乌桕树的那个黄昏出门去采莲了。她一边采莲,一边怀人,所思在远道,在江北。

这两句诗以景写情,写的是一个正值韶华的女子的孤单——一直觉得这句诗用在这里有点大词小用了。《西洲曲》整首诗,画风清丽,轻灵,乌桕在这里像一团墨,还没泅开,就让人心情湿漉漉。这样的景致带着点苍茫的远意,似乎更应景远在征途的旅人。日暮时分,倦鸟归巢,晚风摇动夕阳里的一树乌桕,也吹拂旅人宽衫大袖的征衣……就像元人马致远的那首小令《天净沙·秋思》:"枯藤老树昏鸦,小桥流水人家,古道西风瘦马。夕阳西下,断肠人在天涯。"

一棵风里的乌桕树,属于旅人,属于怀着异乡感的人。

由于乌桕是野生的树,它不具备庭院气质。有庭院气质的树有梧桐、桂树之类,所以古人的诗句里常有"庭梧""庭桂"之类词句。汉乐府里有"中庭生桂树"这样的句子。辛弃疾写道:"风卷庭梧,黄叶坠、新凉如洗。"

读《西洲曲》,越过那个采莲女子的相思,影影绰绰的,似乎总能看到一个远在江北的旅人。在这幅莲花婷婷的清丽画面之外,还有一个苍凉的、渺远的、横阔的画面,无边无际,绵延伸向霜寒季节,主角是那个被思念的征人。"日暮伯劳飞,风吹乌臼树",这样的诗句应该是他吟出的。

乌桕在江湖——生在江湖,老在江湖。

乌桕是野生的。它是远方的风景。

在古人写乌桕的诗句中，值得玩味的还有唐人张祜《江西道中作三首》的"落日啼乌桕，空林露寄生"。从这两句诗里，能读到行旅者的仆仆风尘之气，读到露水似的忧伤，读到"身是客"的人生况味。诗题为"江西道中作三首"——果是旅途之作。藏不住的异乡感，像夜溪一样清凉渗透于字句间。

诗里的乌桕，想必也是一棵秋风里的乌桕。在山野，在旅人的遥望里，满树飞红。

写着《天净沙·秋思》的马致远，也是黄沙古道上的一棵乌桕，晚风在吹，持续地吹，而江湖随脚步越走越阔。

还有谪居卧病在浔阳城的江州司马白居易，"醉不成欢惨将别，别时茫茫江浸月……东船西舫悄无言，唯见江心秋月白。"喜欢这首《琵琶行》，也喜欢这样一些带着苍苍莽莽尘气的句子——这样的茫茫月色与秋水，只有辛苦奔波、远在江湖的人才有机会遇见。在唐朝，在浔阳江边的那个月夜，听着琵琶泪下的诗人，就是一棵乌桕啊！命运的冷风横吹枝头，他一边疼痛，一边于霜色中迸射出文学的耀眼光芒。

我不喜欢在朝廷里按部就班当差的苏轼，我喜欢沦落辗转半个中国的苏轼——黄州，杭州，儋州……因为他的远谪，我看见了遥远的黄州有一个承天寺，看见承天寺的月光空灵澄澈。也因他，在脚步未抵西湖时，我早看见了"水光潋滟晴方好，山色空蒙雨亦奇"……他描绘天地间奇景，他走在奇景里，成为风景的一部分。

命运，给人一程辗转，也给人一片江湖。

秋风，给乌桕一季风霜，也给乌桕一树华彩。

在秋天，在黄昏，我常常会隔着三十年的光阴回望过去。也许心至老境了，就老出了一点海拔高度，就能看见旧时乡居光阴里的那棵老乌桕的枝头了，那秋风摇荡的一树秋色。

风霜之下，一片红叶，像一枚勋章；一树秋色，像一座光芒四射的宫苑楼宇。一棵树，寂寂穿越春夏，接纳秋霜严寒，然后，把自己最成熟、最艳丽的时光隆重呈现——它让自己美到悬崖绝壁，然后，风吹乌桕，整个大地都蹲下身子来仰视它的坠落。

以最浓稠的炙热华彩，迎接风霜之后的山河冷落，乌桕叶将生命终止在高潮。这样的生命真陡峭，只可远观，不可攀登。

我们飘荡在江湖之上，是一个个旅行者。风慢慢吹，我们慢慢老。

老成一棵他乡的乌桕，就知道了秋很深，霜很冷。

走成一棵秋天的乌桕，就知道了江湖辽阔，知道风霜敲打出来的繁华是高峻而沉实的。

西北有白杨

看白杨，在西北。

第一次见白杨，是在新疆。车窗外，远远看去，肃肃一排绿树，挺拔，干净。

印象中，白杨树是我见过的生长得最专注的树了。树干挺拔向上，像毛笔的中锋，笔直指向天空。于是，那些枝枝叶叶仿佛都有了方向，一起喊着号子似的，挤着挨着，几乎垂直地把枝丫也伸向云朵。在那些枝丫里，没有一个是逃兵，哪怕一点点的异心，它们都没有。看着步调统一的枝丫，在主干的统领下，努力向上，向同一个方向生长，会让人心底涌起"忠诚"两字。

和白杨相比，感觉南方的树木是娇生惯养生长出来的。南方有佳木，这些佳木枝叶葳郁，八方伸展，一副柔媚多情的姿态。而白杨呢，白杨有纪律。它大约是乔木中的君子，行坐端庄，乃至庄严，委实有穆穆君子风。

以前喜欢读《古诗十九首》里的《去者日已疏》。当读到"白杨多悲风,萧萧愁杀人"时,我以为白杨秋风是一幅仓皇晦暗的画面。大约是长空寥廓衰草连天,白杨树破败潦倒像个行脚僧一样,背影模糊在连天黄沙之间。

《古诗十九首》里还有诗句:"白杨何萧萧,松柏夹广路。下有陈死人,杳杳即长暮。"萧索、沉寂、悲凉的气氛,让人像是被冷风猛灌一口,凉到心窝,到脚底。"白杨何萧萧"是白杨在风里落叶的声音——长风浩荡,秋色肃杀,和落叶一起沉寂于大地的,还有永不复返的生命。生命的归宿,就是沉寂于永远的黑夜。

《古诗十九首》里,白杨就这么萧条冷落,似乎一直在很悲剧地落叶子。

做中学语文老师,给学生讲《白杨礼赞》时,对此文依旧将信将疑,以为作者是怀着主观的偏见,生生把晦暗苍凉的白杨给提亮了。直到自己亲眼看见白杨,才惊觉白杨原来不那么萧索。

在新疆,在秋日朗照的天空下,看到水渠边的一排白杨树,我竟然也和二十世纪四十年代初的茅盾先生一样,惊奇地叫了一声。

白杨实在英挺,是纤尘不染的那种英挺伟岸。

走在新疆的土地上,常常会为一排两排的白杨驻足。我欣赏白杨,像欣赏一个风姿洒然的男子,雄姿英发,羽扇纶巾。

二十多年前,我上中师。入学时军训,跟着教官在九月的大太阳底下唱《小白杨》。没有慷慨地放开喉咙,只是跟在众人后面哼着旋律,或许是因为对歌词不理解,对白杨陌生。到了新疆,才深深地感受到《小白杨》值得一再歌唱:"微风吹,吹得绿叶沙沙响

喽喂,太阳照得绿叶闪银光……"

风吹白杨,万叶翻动,铿然有声,是不是叶稀的原因也未可知。西北地区的树木和南方相比,还有一特点,就是叶子要稀一点。在那样的叶子间隙里,风可以敞开膀子穿过去。而南方的树,叶子太密太厚,永远是荷尔蒙旺盛的青春期,风一吹,声音模糊得没有重点。有一位新疆作家,抱怨南方草木蓊郁的景致,说树太密了,视线透不过去,让人看了顿生压抑。

到西北,看了风日里洒然高挺的白杨,会觉得那位新疆作家的抱怨真是有理。

在新疆,在白杨树林里漫步,会觉得自己整个人被打开了,从视野到心胸,都有一种豁然开朗的明亮。那一棵棵白杨,整整齐齐地立在路边,立在宅院前后,立在葡萄园旁边,那般忠诚。可是,树与树之间又是疏朗的,没有杂乱树枝彼此缠绕相扰。每一棵树,都那么独立。因为独立,彼此之间就有了空间,就可以让风穿过去,让阳光穿过去,让视线穿过去。

因为叶稀,所以叶子和叶子之间,不那么相互倾轧,彼此都能完整地承载阳光照拂。站在树下,仰视树顶,每一片叶子都像是纯银锤出来的,在阳光下闪着结实的光芒。

还有那白色树干,光滑笔挺,有一种绅士式的洁净。

南方的湖滩上,江堤下,也有杨树,那是意杨,属于引进的外来物种。意杨生长快,颇具经济价值,所以在南方广为种植。和白杨相比,意杨是俗气的,格调不够。怎么说呢?意杨不仅树干的颜色要浑浊一些，而且伸展也无章法，就是一副嘻嘻哈哈、张牙舞爪的模样，不懂规矩。

只有白杨，像是从古代走来的君子，举手投足，一颦一笑，都有分寸，都有来历。

我喜欢白杨，喜欢它的自律、干净、疏朗与简洁。它就像人群里难得一遇的谦谦君子，儒雅、低调、谦和，懂得节制欲望和情绪，与攘攘尘世总是保持一段距离，可是又充满力量。我站在白杨下，听风吹白杨，感觉像是站在欧洲的百年老教堂里，听虔诚教徒唱诵赞美诗。

白杨入画。但它入的不是中国水墨，而是西洋油画。

中国水墨阴湿了一点，幽暗了一点，而白杨是明朗的。白杨在西北无边无际的阳光下，被照耀得通体明亮气宇轩昂，白杨翠绿的叶子和纯白的树干色彩饱和度强。西洋油画，用色饱满，适宜画白杨。白杨在油画框里，用枝干和茂盛的叶子来表达阳光醇厚和天空高远，也表达草地生机。

如果说树是鸟的房子，那么，南方的鸟儿住的是"庭院深深深几许"的江南深宅，西北的鸟儿住的是轩敞明亮的欧洲楼阁。区别在于：南方的鸟儿爱低眉，爱独自沉吟；西北的鸟儿爱唱歌，爱呼朋引伴。

站在白杨林里，你看见的是林子的辽阔，是天空的辽阔。

去交河故城时，我在吐鲁番的一条水泥路边停了车子，特意下车，亲手摸了摸白杨。心里百转千回，只有这轻轻的一句：白杨，

你好!

　　交河故城是唐朝的安西都护府遗址,地址在吐鲁番。安西都护府是唐代西域的最高军政机构,首任都护是乔师望。他是唐朝将领,唐高祖的女儿庐陵公主的驸马。后来,接乔师望都护之职的是郭孝恪。郭孝恪击败龟兹国后,把安西都护府从交河城迁到了龟兹,即今天的新疆库车县。此后,安西都护府在唐蕃战火中几次失守,最后府衙在龟兹基本稳定下来。

　　王维有首诗叫《渭城曲》,也叫《送元二使安西》:"渭城朝雨浥轻尘,客舍青青柳色新。劝君更尽一杯酒,西出阳关无故人。"王维诗里的安西,就是位于龟兹的安西都护府。

　　在唐代,从长安望向安西都护府,山长水阔,黄沙漫天。我想:每一个被朝廷派遣往安西都护府的文武官员,在出塞之后,远远看见的一树绿色,一定是蔚然在西域大地的白杨。

　　那些远赴西北镇守边塞的文武官员,那些从长安出发、迢迢行走在丝绸之路上的商贾,那些鞍马风尘夜夜望乡的中原士兵,一定在不遇故人的孤独中,用白杨的葱茏喂养着乡思和希望。

　　"将军角弓不得控,都护铁衣冷难着。瀚海阑干百丈冰,愁云惨淡万里凝。"边塞诗人岑参在《白雪歌送武判官归京》里,写出了边地苦寒却也雄奇的大观。那时,岑参第二次出塞,怀着建功立业的志向,来到安西北庭节度使封常清幕下任判官。新的守边人来了,老的守边人回去,一拨拨人马轮换。岑参来给他的前任武判官送行,"轮台东门送君去,去时雪满天山路"。那时,西北的白杨一定落光了叶子,在漫天风雪中伫立成千树万树梨花开的样子。

当春天来临,交河故城的城墙下桃花盛开,一千多年前的春天,白杨也在春风里萌发新叶。我想,那些一拨拨来过西北、驻守过西北、穿越过古丝绸之路的人们,一定于深深孤独中慢慢散发出了白杨的气质。身边有白杨,又何惧大地空旷。

莲荫

（一）

初夏之夜，窗外在下雨，并不稠密的蛙鸣，从楼下的小河边传来，听觉里就有了清凉的湿气。觉得这样的夜晚在蛙鸣里，真像宋人的小令，三句两句，唱唱停停。

合上书本，闭上眼睛，恍惚看见蛙鸣里层层叠叠浮起了团团绿荫，那是莲荫。

不记得是在哪里看过的一幅画，画里翠盖微斜，雨珠弹跳，一只绿色的小青蛙懵懵懂懂，呆呆坐在莲叶下。那小青蛙坐在莲荫下看什么呢？看池塘青草？看白雨跳珠乱入船？看岸上匆忙赶路的行人？看与它无关的纷纷扰扰的红尘？

还记得，少年的我就那样被一幅画给迷住了。我多想做那样一只小青蛙呀！那样我可以野在外面不回家，可以蹲在雨里起伏的硕大莲叶下。

莲荫

我记得，曾经见过一幅莲荫下避雨的画：一个小男孩，趴在草地上，趴在莲荫下，手托腮帮，肉乎乎的脚翘在莲叶后面，藕似的。我喜欢那样的画，他就像我懵懂的小弟弟，那幅画就像我们曾经在乡下度过的那些童年生活。

在乡下，在童年，我们喜欢刮风下雨，然后赤着脚，冒着雨跑。明明应该老老实实待在家里，可是我们偏不。我们举着笨重的大雨伞，或者举着大人的草帽，一路奔跑，到树荫下，到草垛下，到荒僻的老屋檐下……

我们喜欢跟大人之间隔着一场雨。我们，也在避雨。

唐诗的插图里，常常有牧童。春天，那牧童骑在牛背上吹笛。夏天，那牧童还骑在牛背上，只是，牧童头上常常顶着一片莲叶。

我们这个江北平原上也有养牛的人家。童年时，邻村的那户养牛人家雇了个放牛仔，从山里来的，据说家里穷，十五六岁的样子，算不得牧童了。可是在夏天他依旧是唐诗里的牧童打扮，头顶一片莲叶。我那时同情他不能上学，到别人家放牛谋生，却又心里悄悄羡慕他日日头顶莲叶放牛归来。我想象着，他放牛时，牛在江堤上吃草，他在柳荫下睡觉，脸上罩着一片新采的莲叶，清香袅袅。也许，他头下枕的也是莲叶，肚子上盖的也是莲叶。也许，他不睡觉，他下了莲塘，干脆藏身在莲叶下避阳，然后用脚踩嫩藕出来玩耍。

似乎是因了那些画，因了童年的那些想象，此后每路过一片莲塘，总忍不住停一停，总忍不住伸手掐一枝莲叶，举在耳畔，举在头顶。我在莲叶下，多像一直梦想要做的青蛙！我在那阴凉里，心里微风荡起，清凉安妥。烈日不在了，风雨不在了，一片莲叶像一座屋宇，可佑护与二十四个节气相牵连的长长光阴。

宋人毛滂有一阕词《醉花阴》："檀板一声莺起速。山影穿疏木。人在翠阴中，欲觅残春，春在屏风曲。劝君对客杯须覆。灯照瀛洲绿。西去玉堂深，魄冷魂清，独引金莲烛。"

我喜欢这阕词，只是因为喜欢词里这一句"人在翠阴中"。虽然千万回梦想做一只蹲莲荫的青蛙，但终究不能，终究要长大。长大了，能有一团"翠阴"，将自己暂时淹没一下，也是人间一大自在。

朋友家里养有一盆莲，夏天莲叶茂盛成荫。有一次，她女儿在暑天放学回家，看了那莲，竟说："妈妈，我真想睡在莲叶下乘凉！"朋友跟我说时，我忍不住莞尔。一个十几岁的女孩子，可不就像我当年，明明个头已经赶上妈妈了，可是看到那团团莲叶，竟就忘记了自己的身高年龄，以为自己是一只青蛙或一只蚱蜢，可以弛然卧于莲叶下，享受一片叶子覆下的清凉。

（二）

《汉乐府·江南》说："江南可采莲，莲叶何田田，鱼戏莲叶间。鱼戏莲叶东，鱼戏莲叶西，鱼戏莲叶南，鱼戏莲叶北。"在多水多莲的江南，一边采莲，一边看鱼戏莲叶间。诗歌写到第三句"鱼戏莲叶间"似乎就可以了，可是作者并没有就此停笔，而是通过方位的变换来不断渲染鱼戏莲叶间的情形。有专家解释那后面四句其实是唱和，通过东西南北的方位变换来呼应前面的"鱼戏莲叶间"。这一说，荷风的清香里似乎又有了来自汉朝田野上的歌声。

这首诗美：美在莲叶田田的葱茏茂盛生机蓬勃，美在"鱼戏莲叶间"的活泼轻灵，更美在一静一动的相互映衬——动的是鱼，静的是那一塘叶叶相叠搭起来的巨大莲荫。

南朝乐府民歌里有一首《西洲曲》，也极美。多年以前，我在文学网站"榕树下"混迹，也像"鱼戏莲叶间"一般欢喜自在。那时论坛里有一个作者，网名"西洲"，文字典雅，人也静寂。我喜欢他的文字，更喜欢他的网名——想来还是因为《西洲曲》这诗就爱屋及乌了。《西洲曲》句句皆美，但是美中挑美，相比"栏杆十二曲，垂首明如玉"和"海水梦悠悠，君愁我亦愁。南风知我意，吹梦到西洲"这些，我还是始终如一地喜欢"采莲南塘秋，莲花过人头"这一句。实在因为这一句的画面感不是一般之美。你想,有莲花,自然更有莲叶,绿的叶和红的白的莲花所形成的色彩上的映衬之美已是令人陶醉。还有"莲花过人头"一句:莲花莲叶在高处,在明处;采莲的小舟和舟上人在低处,在莲花莲叶遮蔽的朦胧幽暗处——这样所形成的明暗、远近、高低的层次美,更是耐人寻味。再想想,那人和花交相辉映的青春之美,愈发令人怦然心动。我喜欢"莲花过人头",还因为这里有莲荫——莲花过人头了,莲叶也一定过人头,莲花和莲叶交叠形成的花荫莲荫,可消多少暑气、静

莲花过人头

多少尘心啊!

想象在南朝那样古老的年代,一个面容姣好、怀抱相思的女子,在莲荫之下摇动小桨,采莲,剥莲,将清凉的莲子放进袖子里,就觉得千年百年的莲荫都多情起来了。

水生植物,多有一种独立世外的仙气,如芦苇、菖蒲。在水生植物里,莲的仙气不同他物,那玉盘似的硕大的叶子,静时如庙宇,也如长亭,可荫庇多少卑微的、活泼的、流浪的生物啊!在莲荫的仙气里,不仅有自洁自守,还有荫庇他人的清凉与慈悲。莲生于凡尘,高于凡尘;莲生于污泥,又清洁独立于周遭的苟且污秽之外。

"竹坞无尘水槛清,相思迢递隔重城。秋阴不散霜飞晚,留得枯荷听雨声。"这是唐代李商隐的《宿骆氏亭寄怀崔雍崔衮》。有时想读唐诗,而如果读到晚唐没有李商隐,就像没有爱情湿润岁月的荒荒中年,会多么枯寂空落啊!记得第一回读到这首诗,是少年时在一本钢笔字帖上。相思迢迢,枯荷秋雨。从此我知道,在江堤脚下的那片莲塘里,那莲荫不仅可以遮阳,可以挡雨,还可以用来听雨打残荷点点滴滴的幽怨之声。

在那一片葱茏的莲荫下,我不仅可以做一只歇凉的观雨青蛙,还可以做一个举莲遮日的牧童,或做一个采莲怀远的女子,更可以做一个忧伤的听雨诗人。

翻过盛唐这座山顶,"飞流直下三千尺,疑是银河落九天"(唐代李白,《望庐山瀑布》),"忽如一夜春风来,千树万树梨花开"(唐代岑参,《白雪歌送武判官归京》)……这些雄奇繁丽的风景一一阅过,然后,在清流缓缓的山脚转弯处,在月色朦胧、薄雾轻扬的晚唐,读李商隐,像读晚香弥散的碧水上的一片莲荫。李商隐一身青衫,缓缓行走在晚唐的风里,把自己走成了一纸清凉。"沧海月明珠有泪,蓝田日暖玉生烟"(《锦瑟》),"红楼隔雨相望冷,珠箔飘灯独自归"(《春雨》)……这些诗句太美妙,以至读着读着,全忘了字句里透出的微苦,却只喜欢玩味着诗人微凉的叹息。

他是晚唐里的一枝荷,时间的雨落了千年,我们在听:忧伤时在听,内心不平时在听,长路行走怅惘时在听。

因为我们在路上,因为我们长作不归人。

(三)

我有一位画家朋友,喜画墨牡丹和墨荷。在暑热的长夏,我喜欢潜进他的博客里乘凉,看他晒画晒墨荷。这位从官场从容隐退下来的朋友,志在丹青,生活安定悠然。他笔下的墨荷仪态万方,生气蓬勃,莲荫深处仿佛有清甜的晚唱悠扬飘荡。

八大山人也有许多画莲的水墨。他似乎是取了仰视的角度来画莲,让画者和观者低成一枚尘芥——莲柄疏朗高挺,仿佛热带雨林里的乔木;莲叶硕大,仿佛能覆盖整个红尘。看八大山人的莲,常常会感动,会生出羽化的轻盈感。那些莲叶亭亭高举,在浓淡虚实中,仿佛已经高高接上天宫瑶池的莲花。莲下有清风,有空阔的水域,有一个广大无边的慈悲世界——可栖息,可独自沉吟;可啸歌,可彼此凝望。

莲花

  他画有一幅莲。画里一片墨色莲叶占去了画面一小半，一片莲荫大过一栋屋宇，一只孤独的水鸟单足立于水面之上的一截枯茎。此画令人悲欣交集：悲，是因为孤独，因为尘世立足之难；欣，是因为还能暂得这一片安宁与阴凉。

  案头置"扬州八怪"之首——金农的几本画册。我向来爱读他画里的题诗题跋，古拙方整的隶楷体，像有青铜锈要染了指尖。他的一篇题画跋里有这样一句："茫茫宇宙，何处投人！"我读后，心里凛然一惊。感觉金农像是站在时间之巅和空间之巅俯视红尘，忍不住发出这难解的千年一问。在浩渺无垠的时空里，究竟哪里有一方净土和乐土，可以安置这肉身和灵魂？

  大约还是一片清凉境吧，像莲荫一样的清凉境。

  金农有一幅画莲的画，或者说是画人物的画。画中，竹林萧萧，林边是莲塘，莲塘之上，悬空架起一座六角凉亭，香茆覆顶，亭下横放一几,几上一人酣睡。微风拂过,莲花点点,莲叶团团交叠,在风里摇摇荡荡。画里有题:"风来四面卧当中。"他睡在一池莲荫之上,四面荷香缭绕,真是清凉自在啊!不知画中人是梦是醒。若是梦中,想来也是不梦长安公卿,而梦浮萍池上客。

曾经发出"茫茫宇宙,何处投人"感慨的杭人金农,有一日,明白了这人生如寄客的身份,便酣然而卧,来享受这世界的无上清凉了。

在画里,虽然是人卧莲荫之上,可是我分明觉得有更大更恒久的莲荫,荫庇在酣卧之人的头顶。是圆如莲叶的茆顶凉亭,是画梅、画竹、画莲、画芭蕉、画幽冷清静之物的一管羊毫,还是独行于世、已然宁定的一颗慧心?

(四)

我慢慢知道,有一天,我们长大,青蛙也离开了莲叶下,青青池塘在秋霜里荒芜,无归之时,还有一处莲荫,在笔尖种下,在心头种下。

心安了,莲荫不败,清凉一直在。

遇见过柔荑

豆蔻年华时,在寂寞小镇,光阴荒荒地过,我读了些不入流的才子佳人传奇故事。

于是在心里断定:丑有千百种,美却似乎都是一个样子的。书里的佳人,作者一落笔就说是"手如柔荑,肤如凝脂"(《诗经·卫风·硕人》)。什么是柔荑,什么是凝脂,没搞懂也不管,就赶场似的往后面紧翻着。反正根据上下文也能猜出是长得好看的意思。连"荑"的读音也是好多年后才知道是读"tí",以前都当"yí"音来搪塞过去。

直到读《诗经》,才挖出"手如柔荑"这四个字的老巢。

《诗经·卫风·硕人》中的"硕"是高大的意思,"硕人"就是身材高大的人,诗里指的是卫庄公夫人庄姜。古代男女是以身材高大为美的,所以美人也称"硕人"。像我这样做衣服省布料型的,在古代是无缘做"硕人"的。

《硕人》全诗四章,整个第二章都是写庄姜的美貌与神态,作者几乎用的是工笔画的细功夫来描摹。"手如柔荑，肤如凝脂。领如蝤蛴，齿如瓠犀。螓首蛾眉，巧笑倩兮，美目盼兮。"她的美，是从手指美起。真正的美，不留一点瑕疵。

柔荑是什么？读《诗经》时一查才恍然：原来，柔荑是初生的茅草。

初生的茅草我见过呀！少年时上学，日日打田埂上过，初生的茅草被我们拔过，秋天的茅草被我们放火烧过。夏天的早晨，茅草上的露水，不知湿过多少回我们的衣裤裙摆。

真不敢相认。以后早春踏青时，见到初生茅草，我要不要唤它一声"柔荑"？

古人打比喻，不分贵贱，就近取譬，寻常草木都可拿来作喻体。

初生的茅草到底有多美呢？春雨下过，土膏微润，一根根茅草从赭黑色的土壤里亭亭起了身子，又白又嫩，细细长长。

童年时，伯母就住在我家隔壁。她有四个儿子，没有女儿，所以特别喜欢女孩子。有一回，我去她家玩。她叫我乳名，慢悠悠道："阿晴，让我看看你的手，看看长大是不是握笔杆的。"那时伯母认为，一个人的手细细长长的，伸出去直直的，摸上去软软的，长大就是吃读书这碗饭了。现在看来，其实就是手如柔荑啊！彼时，伯母的大儿子即我的大堂哥正在上高中，我观察过大堂哥的手，果真是细细长长的，又白又直，跟顽皮的小堂哥不一样。伯母那时认定大堂哥有一双形似柔荑的读书人的手，将来肯定能考上大学的。我将手伸给伯母，心里希望伯母快点下结论：嗯，这也是一双握笔杆的手，

柔荑

将来要吃读书饭。伯母摩挲了好一会,喃喃道:"手是握笔杆的手,就是肥了点。"我心里觉得安慰,又觉得怅然,感觉伯母的话有些模棱两可。可有什么办法呢,我伸出手来自己端详半天,五指并拢,直是直的,可我的手背胖得像个小包子。读书人的手应该是瘦得像竹竿似的,一个肉包子手在翻书委实不雅。

我的手不像柔荑。我感到自己生得粗鲁,暗自羞愧。

我的羞愧,后来被表姐慢慢稀释。

比我年长几岁的表姐,没读多少书就辍学回家帮着大人干活了。有一回去表姐家,晚上两个人说悄悄话。表姐突然握着我的手不无羡慕道:"阿晴,你这读书人的手就是好看,这么直,还这么白……"我当即慌乱得不知说什么好了。要知道我胖乎乎多年的手,见人都

不敢拿出来的啊！表姐伸出她的手来，和我的手并在一起，一比较，我才知道，女孩子的手并不都是那么柔软的。表姐因为长年干活，手指僵僵的、笨笨的，五指并拢时露出一道一道的细缝。还有她的指甲，因为劳动，明显向上外翻，而我的指甲圆溜溜包着手指头，泛出粉红的光泽。我看完表姐的手，又看自己的手，在心里心疼起表姐来。

我那时虽然读书，但到底还是有时做些家务的。逢上农忙，我会去河边提水，帮妈妈做饭、扫地。春天放学时，我会拎着篮子，跟一群乡下孩子去田野挖野菜。只是，我大多数时间还是在读书。

我看着自己的手，心里想起同学小苹的手。小苹家境殷实。她父亲是大商人，出差经常坐飞机。在二十世纪八九十年代的乡下，她妈妈已经不用做家务，家里请了帮工。漂亮的小苹，在那个年代洗脸就已经在用洗面奶了。小苹有一双柔荑样的玉手。有时她来我家玩，然后我送她回家。在长长的河堤上，我们相携着走。握着她的手，我常常感觉像是握着一个早春在手里，杨柳岸晓风残月一般清凉温柔。

小苹自然没有家务——一点点家务都没有。她所有的生活内容就是上学，做完作业看课外书，听港台流行歌曲。她是一根没有被尘世风霜压迫一点点的新嫩的柔荑。

我摩挲着表姐粗糙的手掌，有茅草的感觉——不过，不是春天初生的茅草，而是秋天的茅草。我看着表姐的手，想着小苹的手，心里感慨：同是少女，命运迥然，真是各有各的季节，各有各的茅草。

奇妙的是,《诗经》里紧贴《硕人》之后的一首诗,就是《氓》。在《硕人》里,贵妇庄姜结婚,好大一个排场!长得美也就罢了,还家世显赫,家里亲戚都是王侯将相,比《红楼梦》里的贾府小姐还要尊贵。这样的女子,陪嫁自是不一般。人家陪嫁至多是物品,她还有陪嫁的姑娘,还有随从护送的齐国文武诸臣。

而《氓》描写的是一个寻常人家的女孩子,遇人不淑,结婚后,辛苦持家,最后到底还是被丈夫遗弃了。回到娘家后,她还要被兄弟嘲笑。不用看,闭眼都能想象出《氓》里的那个女主角是一双怎样的手——一定比我表姐的手还要粗糙,上面布满种作纺织时落下的伤口。

《硕人》里的庄姜手如柔荑——我相信,她会一直如此下去。她身后那张庞大的权势网罩在那里,谁敢动她!而《氓》里的那个弃妇也许在少女时候有过短暂的一段手如柔荑的时光,但是,随着命运急转直下,她的手慢慢就成了秋天的茅草,枯萎的、粗糙的、因失去水分而活不回来的茅草。

庄姜和弃妇,两个女子的命运截然不同,却在《诗经》里做了邻居。所谓天壤之别,有时候大约就是这样:两个美丽的女子同在结婚那天启程。一个如庄姜,人生越走越高越阔,成为星汉灿烂的天空;一个如弃妇,人生越走越暗越低,成为浑浊冰冷的大地。她们是最近的邻居,也是最遥远的两极。

我想,很多人在"柔荑"这个词面前,大约都有点心怯。一双劳动人民的手,皮肤粗糙,关节粗大,即使偶尔买了手膜使用,也

早已无法回头是岸。

大多数的柔荑最后都要站到时间的风沙里，艰难而倔强地生长，生长成或颓败或骄傲的茅草。只有很少很少的一部分被珍视，在温室里安逸一生。

有人被珍视一时，有人被珍视一世。

当黑沉沉的家务汹涌而来，奋不顾身的我哪里顾得上去照顾手指，只能任自己活成一根凌乱的茅草。我唯一能做到的，就是动用智慧，深深地思索：命运把我放逐在此，一定要好好体验生活，也许后面另有安排。

"把酒话桑麻"的麻

穿衣是大事。

在古代，衣里的麻衣是我们平民百姓的标配。不像现在，穿麻是一件很体面的事，有种小庭小院的情调。

读李白《子夜吴歌·秋歌》里的诗句"长安一片月，万户捣衣声"，抛开征夫和秋思这些话题，那情景还是很有古风之美的：朗月在天，月光皎洁，城里城外都沐浴在月色下，可是这夜是醒着的，因为有一阵一阵的捣衣声。千门万户的捣衣声悠悠传出，在幽蓝的夜色里，平平仄仄，像化作声音的诗。

其实，不仅蚕丝类的衣服要捣，就是麻质的平民服装，也会因为棒槌的反复敲打而变得柔软和洁白。

我喜欢读古诗文里关于桑和麻的文字，感觉从古到今，大家吃饱了就去忙纺织。

孟浩然的《过故人庄》里有四句极美："绿树村边合，青山郭外斜。开轩面场圃，把酒话桑麻。"前两句景美。要是在电影里，镜头会是由近往远拉，缓缓扫：林木，村舍，青山，城郭，河流和欸乃船声，民歌和采茶采桑的少女……江山如画！后两句事美。人物出场，按照事情的先后顺序是：到朋友家了，寒暄过后，客人站到蒙了窗纸的窗格子边，伸手轻轻一推，风儿携带草木的清香拂面而来，开阔的打谷场对面，是绿篱围绕的菜园；身后，人影幢幢的，酒菜皆已端上罗汉床，举杯喝酒的间隙，不说人世沉浮，只说门前的桑和门后的麻，话题接地气；桑田碧绿，硕大的桑叶在山野的暮霭里，叶片如莲在水；重阳未至，秋色还远，一簇簇的麻亭亭生长在风日里。

乡下人家，养蚕采桑，煮茧取丝，织绮、绫、锦、绢、縠等等，然后在集市上卖给富贵人家，换了油盐酱醋度寻常光阴；把那些麻割回家，剥皮，取纤维，织成粗布，安顿一家老小的冷暖。

少年时的乡居生涯，懵懂度过了一大段麻生活。我们那个江边小镇，以江堤为界。堤外是沙洲，洲上绵延村落人家；堤内是圩区，算是相对成熟的农耕区域，主要种植稻米。外婆家在沙洲上，家里种棉种麻。暑假一到，我穿着白上衣蓝裙子，背上暑假作业就去外婆家。下了江堤，一路迢迢，往沙洲深处去。外婆家所在的那个洲叫石板洲，是我们那个小镇最大的一个洲，地面平整如石板。

石板洲沙土松软，成片地种植着黄麻。穿过两片黄麻地之间的沙路，听着黄麻深处的唧唧虫声，没有风，黄麻的清气在烈日下蒸腾弥散，我感觉自己像是穿过一片古老静寂的热带雨林。路上是莽莽苍苍的黄麻——几乎没有人影，心里又恐惧又好奇。

那时，黄麻正在腾腾生长，比玉米要高，比竹子要矮。一根叶柄上会伸出四五片披针形的叶子，组合起来，像五指伸开的手掌。走长路无聊时，我常常会掐一把黄麻叶子在手，跟它比手掌大小。

初秋天砍黄麻。舅舅和姨娘们把成捆的黄麻运回家，靠在屋檐下晒。草本植物特有的清气氤氲在初秋的暖阳里，在沙洲上到处弥散，我被熏染得也要成为一株草本植物了。剥黄麻的皮纤维，通常都是在农闲的雨天和冬天。晒过的黄麻是金黄色的。剥出来的皮纤维一面是金黄色或者赭红色的，另一面是浅黄色或者乳白色的。剥出来的皮纤维扎成一把一把的，论斤卖。我那时最喜欢躺在堆放的黄麻皮纤维上，柔软而蓬松。它已经初步有了织物的触感，又有来自土地的清香。有的黄麻粗过拇指，剥出来的皮纤维自然要宽，我展开摩挲，光洁如纸，直想在上面写字。

不知道古人常穿的麻衣中是否有黄麻纤维制成的衣。如果有，那穿起来扎人得很吧？现在也有用黄麻制布的——多半是装饰布，不会用来制衣了。现在黄麻主要用于制作绳索和麻袋之类。从前我有个邻居，她父亲在二十世纪七八十年代做着投机倒把的买卖，在沙洲上收黄麻。那时黄麻很贵，掺假自然利润丰厚。有一年，他把黄麻卖给煤矿。煤矿绞成绳索放设备下井，结果黄麻绳索断了，出了事故——因为黄麻里掺假了，掺的是棉花秆的皮纤维。棉花是很好的纺织材料，但棉花秆在乡间只能当烧柴用，没什么其他价值。

黄麻还一直被用在民间丧事上。

我一直记得奶奶去世时，父亲披麻戴孝的打扮：他头上戴着白

土布缝成的孝帽，腰间系着麻绳，麻绳上还垂落着一圈黄麻纤维，随父亲走动时簌簌飘扬着。我那时心里也悲伤，因为明白从此我没有奶奶了，可是看着父亲披麻在身的样子，又觉得奇怪，甚至想要发笑。

为什么在丧事上要披麻呢？我一直没搞明白。难道是用麻衣打扮表示自己因为悲痛已经无心讲究服饰？后来看书知道，劳动人民最初穿的衣服是麻衣，然后才有了细软的棉衣、精致华美的丝绸以及今天的化纤类衣服。麻衣代表本初，初心若雪，最纯也最真。

外婆家除了种黄麻，还种大麻。大麻个高跟黄麻差不多，也是剥取皮纤维。但大麻生相比黄麻粗野，秆上有隐约的突起物，像小刺，叶子的边缘摸起来也棘手。黄麻是晒干了在冬闲时剥，剥出来的皮纤维轻柔得像仕女的飘带，但大麻一般即砍即剥。剥大麻感觉像杀猪。大麻秆粗，从根部折断，铿然一声，从切口处剥起。剥大麻一定要戴手套。跟黄麻比，大麻价贱——在二十世纪八十年代初，好像是二十几块钱一担，夏秋之间就有麻贩子开着三轮车来乡间收。晒干的大麻皮纤维依旧青绿，一捆捆过称，摸起来粗硬得很。

我们那个江边小镇，种黄麻、大麻、棉花，后来还种苎麻。苎麻是有着宿根的草本植物，一旦种活，就可以像割韭菜一样年年割收就成，不像黄麻、大麻那样要年年种。

我喜欢苎麻。苎麻不高，最多不过及腰。路过苎麻地，风一吹，苎麻卵形的叶子翻翻翻动。那些叶子，背面覆满白色绒毛，风起时，像有人在翻书，一页页，一本本，不厌其烦地翻。

苎麻是娇俏少女，黄麻是斯文书生，大麻是江湖武夫。

童年时，父母的床上每到夏天总挂着一顶白色帐子。那是母亲结婚时置办的，在那时算一个大件陪嫁品，母亲称它为"夏布帐子"。它摸起来比棉布要粗硬，但是耐用，一直用到我们家不用帐子的新世纪。那顶夏布帐子是用苎麻纺织成的，结实耐用，连老鼠也很少咬，不知道是否因为味苦。

麻质的夏布帐子，还有一喜人之处，就是越洗越白，也越洗越软。我最喜欢看母亲在春末夏初的河边洗帐子，棒槌半空里抡起来，"梆梆梆"的槌衣声在河面上盘旋，回音阵阵，好像一河两岸有无数个棒槌抡起来，声音清脆，带着民歌的韵味。那时没有甩干机，洗好的帐子，母亲和奶奶两人牵着，在两头扭，挤水，然后晾晒。晒干的帐子在风里飘扬，像古老的帐篷。我们常常跑到帐子下捉迷藏，透过织物纹理看月白色的天空。麻的清香混合着残留的洗衣粉香味，满头满脸地把我罩着了。

后来，几次搬家后，那顶夏布帐子再也不见踪影。而现在，再也不会买到材料那么实诚环保的帐子了，而且，又有几人还会买帐子呢？

我家曾经有一小块土地，种了苎麻。苎麻地边上有奶奶的坟，坟上青树翠蔓。每次去苎麻地里割麻，看着绿色的、白色的叶子在夕阳与晚风里起伏摇曳，就觉得奶奶不曾去世，奶奶还在我们左右。

在放学和放假的日子里，我在家刮过苎麻皮。刮去表皮的苎麻纤维，呈淡青色，薄薄的，很轻盈。晾晒在乡村的风日里，那些苎

麻一丝丝一缕缕飘摇着,像少女柔柔长长的发。连种麻晒麻的乡村,也袅绕着少女般的清芬气息。

二十世纪八九十年代,我们小镇的江堤下新开了一家麻纺厂,招的工人多半是初中生和高中生。我那时很羡慕那些在麻纺厂上班的工人。夏天,他们穿着的确良上衣骑车经过我身边时,风里总有隐约的麻的清香。我心里隐隐希望,长大后能到麻纺厂上班,看古老的苎麻如何在机器的牵引下,变成线团,变成布料,变成衣服……

那个麻纺厂红火了若干年,后来静静倒掉了,不清楚是不是因为化纤产品铺天盖地袭击纺织界。我们那个小镇,后来到处种棉花,原来种麻的改种棉花,原来种水稻的也改种棉花。据说棉花要漂洋过海出口到他国。

麻的疆土就这样越来越小了。想再看它绵延蓬勃生长的气象,要绕路到古诗词里。"麻叶层层苘叶光,谁家煮茧一村香?隔篱娇语络丝娘。"宋人苏轼《浣溪沙·麻叶层层苘叶光》里的纺车吱吱转动,纺织娘笑语盈盈——沧桑的麻,根在古诗那片土壤里。

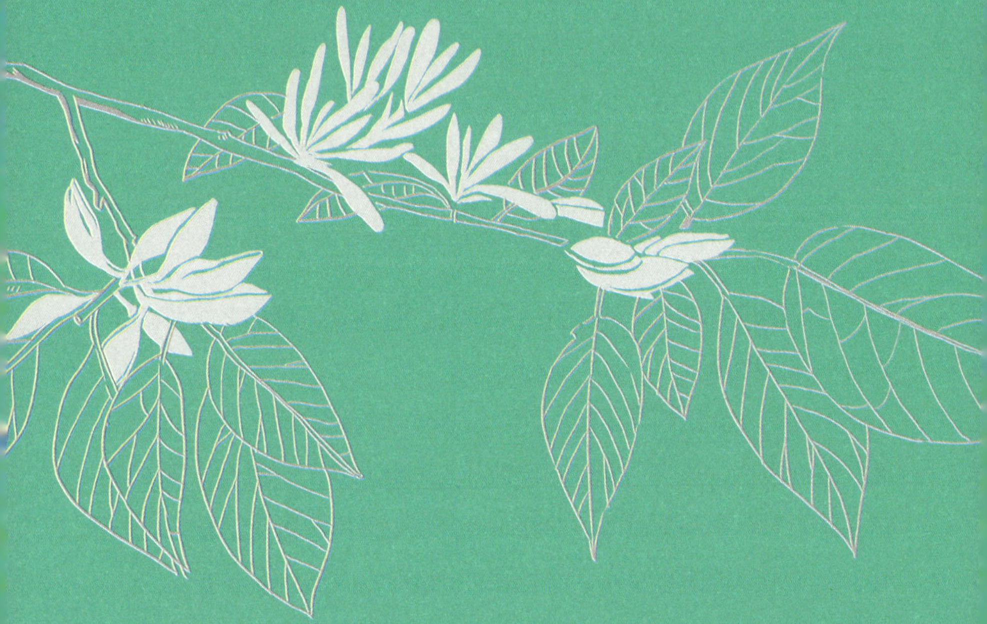

第三辑

摇曳在风俗里的香草

小城姜花

姜花有着纯洁的青春之美。它像乡下的妹子,是露水洗出来的亭亭娇美。

在大城市的花店,不容易见到姜花。姜花在小城。你在小城的菜市场、超市门口、步行街头、古桥边,随处可与姜花邂逅。每一个邂逅的小情节,都适合用《诗经》的句式和语调来吟唱咏叹。光阴如流水潺湲,每一朵白花,都是旧年相识。

第一次买姜花,是在芜湖的长街。长街在青弋江边,不远处就是青弋江进入长江的入江口。古朴的长街上铺着石板,路边的店铺多半有百年的历史。在黄昏,一个中年女子,推着自行车,车后座上载一桶青叶长梗的白花。穗形的花序,一朵朵白花,像一群白蝴蝶落在绿蒲汀洲上。

"香雪花——香雪花——"卖花女子轻声叫卖着,全无商贩的声气,倒像是唤女儿的名字。姜花又叫香雪花。我疑心那卖花女子真有一个女儿,像姜花那么美丽可人且肌肤如雪的女儿。

作者与姜花

　　姜花真香。是清雅的香,月色一般轻盈纯净的香。这样的花香只适合在南方柔软的空气里飘散,不适合北方。北方的长风豪迈了点,这样轻盈的花香会被北方大风吹得匍匐在地的。姜花的香也像是穿了白裙子的女子在风里摇荡着,微微带着清凉之气。

　　在芜湖,我还有一次是在中江桥头买姜花。姜花价格不高,一两块钱一枝。那一次,是跟朋友一道在芜湖电视台做节目。节目录完去中江桥下一家饭店吃晚饭,远远看到卖花的老人——想必老人种菜时顺便种了花。他抱着一大捧绿叶白花站在桥头边。我恍惚以为那是民国年间的夏天，真有旧时光的味道。

我从老人手里买了十数枝，送了几枝给朋友，剩下的自己抱在怀里，就着那天做节目穿的一套粉绿旗袍，拍了一张很有民国味的照片。后来，我的微信公众号就用了那张照片做头像。每次登录自己的公众号，瞥一眼那照片，心里有清甜的风儿吹过。它提醒我：曾经，我在江南的桥头，买过一束姜花。

在江北无为上班，有那么几年的夏天和初秋，我每次上城西的濡江菜市场，都会顺便买一束姜花，在家里插几枝，在办公室里插几枝。感觉自己像个殷勤的信使，在到处种植美，传播美。卖花的人，有时是一个老妇人，有时是一位老公公。我猜他们是一对夫妻，轮换着上菜市来卖花。每次是一塑料桶花，老人蹲坐在菜市场外的露天过道上，夹杂在一帮卖蔬菜的老人中间，但总觉得他们身上晕染着一层别样气息。我心里对他们心存感念和爱意，觉得是因为他们，我们这个江北小城才有了《诗经》里的草木香，才有了民国散文里散发出来的清美和精致。试想，一座小城里的当家主妇，早上买完菜，顺便还能买几枝颤动着露水的姜花回家插花瓶里，这样的日子，是不是美得像悠扬的民歌？

到合肥后，夏天一到，我就旧情复发，在居处附近的菜市场找姜花。菜市场门口有老妇人卖盆栽——茉莉、米兰、栀子花等等，但是，没有姜花，一直没有姜花。

姜花喜温暖湿润，不耐寒，地处皖中的合肥，似乎是姜花可来可不来的地方。这样可来可不来的剧情,委实令人怅然。

我的理想是,老时在空气湿润的江南江北,在某个时光悠悠的小城小镇,有一片潮湿肥沃的土地,种种姜花。小城的气质,姜花的气质,还有我的一片云水素心,刚好。

那时,我会在桥边卖花,在老街卖花,在菜市场门口卖花……如果你在江南看见一个衣衫干净、面容恬静的卖花老妇人,你不要跟她提文章的事情,好吗?

寒枝

吴昌硕画牡丹，常常在酣然盛开的牡丹花朵边冷冷地立一两根寒枝。

这寒枝和鲜润饱满的牡丹花，形成了鲜明的对比：花是艳的，寒枝是冷色调的；花是华枝春满，寒枝是瘦削萧疏；花是姿态婆娑，寒枝是孤独挺立。

你欣赏着牡丹盛开的雍容艳丽，可是，视线总躲不过那倔强挺立在花丛里的几截寒枝。那寒枝大约是枯朽的，可依旧冷硬劲拔。它立在花丛边，像一段绕不过去的苦涩的记忆，夜夜梗在心头；或者是一场深沉的苦难，绵延横贯了半生的岁月。

吴昌硕画牡丹，几乎从不漏下寒枝，我猜是因为那寒枝一直就长在他的生命里——从内心长到手指，长到指端的羊毫里。

他大半生困顿寒微。他十七岁因战乱随父逃难，五年后回家，家中亲人俱亡，只剩他和父亲。不久，父亲又病亡，只剩了他一人，从此开始茫茫的游学和游宦生涯。在那个以科举功名为人生至高理想的年代，吴昌硕也毫无疑问地执着于此。他考过秀才，做过七品芝麻官的县令，更多时候，是做做身份尴尬的幕僚。仕途于他，一直是灰暗的。海上大画家任伯年曾画过他，名为"酸寒尉像"。画里，他刚刚交差回来，官服官帽还未来得及脱去，已在那里拱手作揖，似与远道而来的师友施礼问候。此后，吴昌硕常常以"酸寒尉"自称。

也真是酸寒。四十四岁，人到中年，又经宦海浮沉。他对仕途已无多期望，于是举家迁居上海。他在上海浦东郊区租了两小间民房，安顿家小，并寄希望于书画，期望自己能像任伯年一样靠一支画笔安身立命。但是上海的书画市场，于他也是灰暗的——他的画卖不动。

初冬之夜，寄身于低矮屋檐，看看环堵萧然，他在纸上写道："夜漏三下，妻儿俱睡熟，老屋中一灯荧然，光淡欲灭。"

人生困窘至此，日月艰难，前途无望，只好重回苏州。

不知道命运将吴昌硕如此压榨，是否就是为了激发他灵魂深处的金石气。一个艺术家，若能从浩瀚的苦难里抬起头来，不屈于人世，那么，他的作品气象也必定不同凡俗。

吴昌硕再去上海，矢志于以书画立足，已是二十余年后。那时已是辛亥革命之后，许多旧朝官吏不愿去北洋政府为官，便都到了上海。吴昌硕到上海后做了职业画家。他用西洋红画花卉，笔下的花朵鲜丽饱满。他自谓"老缶画气不画形"。"老缶"是他的名号。不知是不是因为这名号，他的画愈发沉着有力，浑然大气。

他像牡丹花边的寒枝，从苦寒苍茫里劲挺而出，带着一身的寒气,可又是倔强的、骄傲的、巍然的。

吴昌硕挑战命运,在艺术上也一身胆气。他说:"自我作古空群雄。"他把自己撂到了书画艺术的历史长河中,凛然上前,直面古人。他敢将大红大绿用于花卉。曾有海上画家蒲华告诫他:"要多用水墨,少用颜色。文人画要高雅,要'色不可俗'。"可是吴昌硕偏不。他用色不守古法,变水墨为五彩,变重墨为重彩。

有人说吴昌硕最重要的贡献是,身处动荡年代,却彰显了中国文化自强不息的精神品格。可是,我觉得,他作品里的劲挺自强之气,不是闲逸富贵给他的,而是苦难与执着给他的。

就像他笔下的牡丹,最动人的不只是牡丹的色,还有花朵之后那些片叶不着的寒枝。

所以,那纸上的寒枝,某些时候已是一面镜子,它映照着后发的牡丹。也许那寒枝是因为遭受过风雪的压迫和刀斧的刈割才枯的。但此刻,寒枝依旧挺在花丛里,挺在岩石旁,让一朵牡丹在春天绽放,却不敢轻薄放纵地绽放。在寒枝的映衬下绽放的牡丹懂得了节制和内敛,懂得了沉着与静穆。

一个人,大约只有尝尽世态炎凉人世冷暖,才会懂得,在姹紫嫣红的盛开时节,依然不忘在心里立上几根寒枝。

即使成名成家了,即使名利汹涌而来了,吴昌硕依然淡定从容。他记得早年那些忧患与颠沛,记得自己来自民间,也记得自己的追求与使命。所以,他笔下的牡丹开得再热闹,他依旧要画几根冷冷的寒枝在侧,给自己降温,也给世人降温。

他用这几根寒枝，让自己和汲汲富贵显达的世俗，保持了一段冷冷的距离。他也用这寒枝，彰显自己的刚毅执着，彰显自己直面历史长河的勇气与气魄。

吴昌硕笔下的寒枝不仅是瘦的，是枯的，也是高的。那寒枝高过花朵，高过绿叶，不摧不折，独对风日，挺向苍穹。我想，在这样的寒枝边盛开的花朵，一定是心怀谦卑的吧。

面对深沉的苦难与过去，此刻的绽放，理应怀着谦卑。

晚年，吴昌硕的艺术如一朵牡丹雍容明媚地盛开在中国画坛。那时的上海，曾经出现了"家家缶翁，户户昌硕"的盛况，可是，他却静静写下一副对联："风波即大道，尘土有至情。"

而我想说的是，寒枝最精神。

梅花不急

梅花开得迟。梅花不急。

出门回家,路过一棵正开花的蜡梅。梅树的叶子几乎凋尽,只一树梅花冷冷清清开在嶙峋的枝干上,开得漫不经心。

此时,冬至已过,万木萧萧。梅花是苍茫大地上独一无二的芳华,且花开谦谦,有隐者之气。

迎着那冷香,我走近折了一枝。短短一截梅枝,上面缀着五朵嫩黄的花儿,像宋代的仕女,身着秋香色罗裙,贞静端立在黄昏的官阶前。

回家将梅枝插进淡绿的细颈瓷瓶里。一下午,梅在书房里幽幽地吐着香,像是合唱团低声部的吟唱,从楼窗里远远地传来。同时,梅香又带着点叙事长诗的味道,婉转,朴素。

冬天,在这不紧不烈的梅香里,算是真正地开场了。

记得少年时,外婆家屋后也有一棵蜡梅树。蜡梅树是我大舅栽种的。大舅爱养花,蔷薇,大丽菊,美人蕉,君子兰,牡丹,芍药……

梅花

他养的实在多。每次去外婆家,在那些花边、草边转转,就觉得无限明媚。但对于蜡梅,我心里哂笑大舅的审美。蜡梅树那时看起来实在貌不惊人,完全不像能演绎一段传奇的角色。

外婆的后院堪称"后花园",春天里桃花、杏花闹哄哄地开,气场盛大逼人,连狗都安静不叫了,终日窝在屋檐下晒太阳。我那时常常仰面在树下,等花瓣落到脸上来——蜡梅树彼时只是在吐叶子，吐出来的叶子也俗常得很，引不起人的兴致。夏天，篱笆旁的木槿枝上也眨巴眨巴地开起紫红色的花来。在花少的长夏，细端详那木槿，也还有几分动人的颜色。蜡梅呢，叶子倒是和木槿的叶子长得一样厚，可依旧寒门模样，片花不着。秋天，沙地上的庄稼收回来了，乡村人家的门前，桂树也开花了。桂花的香，香得一个村子都清甜起来。

我站在外婆家的后门槛上，闻着空气里满溢的桂香，心想：蜡梅啊蜡梅，你怎么办呢？就这样沉默着什么都不交待？

秋后，蜡梅树依旧缄默着，静静地立在后院里。人家长叶子它也长叶子，人家落叶子它也落叶子。它不知道一个小女孩已经在鄙视它——鄙视它生长的意义，怀疑它存在的价值。

你鄙视，对它也无用；你怀疑，它也不急。它依旧安然走着自己的时令，长路迢迢——它似乎有的是耐性。

不记得是在哪一阵冷风里，忽然就闻到了花香。好奇寻到外婆的后院，看见落光叶子的蜡梅树上，有黄色的花朵在悄然绽放，两朵、三朵、四朵……像是各开各的，又像是呼应着开。更多的是花蕾，一粒粒的，像攥紧的小拳头。拳头里握着花香，也握着力量。

梅花到底还是开了！

我站在花树下，闻着冷香，觉得这香味沉实。若能把花香也拿到秤盘上称称，梅花的香一定比桃花、杏花的香要重。

关于梅花的传说，是一段用低声部在民间吟唱的传说，初听平淡，细思感怀。

有些人的生活，其实就是一段梅花的传说。

他在成长的过程中，一定遭遇过漠视，遭遇过嘲笑，遭受过排挤，就像我对待外婆家屋后的那棵蜡梅，我无视过它的存在，哂笑它不会开花，我甚至建议舅舅砍掉梅树，好让芍药、海棠喧哗地开。

但是，梅花没有抱怨。它依旧静静地生长，笃定地伸展枝干。它只有一个信念：我要生长，生长，生长——长高，长粗。

最后，它顶风冒雪，寂静盛开。

一朵花一盏雪，一树花一树雪，即使开得肝胆欲裂，也是寂静盛开。

苦难太深长了，所以，当最后一展芳华独自绽放的那一刻，它是静穆的。

苦难太深长了，所以，已经习惯低调，已经懂得从容，已经能稳稳沉住气。最后，当天地将一年的光阴交给它来压轴收梢时，它已无意哗众取宠，无意显摆炫耀。

楼下的梅花，依旧在漫不经心地盛开，漫不经心地零落。进出小区，我常常会路过它，默然走过，觉得自己心上也开着一枝冷梅。我心上的这枝梅，没有委屈，没有抱怨，只有不急。

我不急。这么多年走过来，已经不急。

不急，也是一种雍容吧。

清贵

看人画牡丹,最喜欢的是用墨画出来的牡丹,只用墨和水。

这样的牡丹,只一丛或者一朵,就可以底气十足地压住一整个春天。就像张若虚的《春江花月夜》,一首就够了,一首就站到了唐诗之巅。

这么美,这么雍容,却是墨色——这是一种无意于以颜色悦人的骨气和贵气。明明可以姹紫嫣红,明明可以千娇百媚,可是,却只寄身于或浓或淡的墨色里,深情婉转而不言。

有一回,黄曙光老师在微信里发过来三张墨色牡丹。我说这牡丹有仙气。那一回,他画牡丹的墨,是亲手慢慢研出来的。扇面上,一朵硕大牡丹层层叠叠地开,开得酣然,开得半低了头,仿佛垂眉凝神思索,又仿佛孤绝地扭头不去承欢,很有一种深沉静穆之态。黄老师给他的墨色牡丹题名"清贵"。我深喜这两个字——清贵,是骨子里散发出来的贵气,无意于张扬。

贵气而不张扬,那贵气就有了一种深厚博大的气象。

有一回读到一篇文章。文中作者直言自己是富贵命，读得我眼皮一跳，有些不适应。在世间，真正担得起"富贵"二字的又有几人？家财万贯，富了未必就贵。贵是内在的东西。从前有海派画家画牡丹，朵朵花开富贵。可是画着画着，心底有犹疑，有冷冷的自知，于是，在花丛里给补上一两根寒枝，心里就稳妥了。即使洛阳纸贵的画家，也不敢满满当当地画上雍容牡丹。

世俗意义上的富贵是稀世珍品。多数时候，我们还是可以做一个有清贵之气的人，即使靠近了一点贵气，但是清和圆润，不喧不闹，像一朵墨色牡丹，低眉开在民间。

我书房的墙上挂着一幅墨色牡丹，花朵沉沉，垂到枝下，像是雨后的牡丹，又像是淡月笼罩下的牡丹含着露水盛开，一派自在从容娴静低调之态。是的，那是一种低调的雍容。纵然开得倾国倾城，却也不曾扰了春天花园里的同类，也不招引蜂蝶。

越是盛大的美，越是克制着，不弄出一点动静，或者是不屑于弄出动静。

在聊天类的真人秀节目《圆桌派》中，见到了身着黑衣、沉静美丽的徐静蕾。她又有智慧又美丽，真是叫人喜欢。坐在二十八岁的蒋方舟对面，四十岁的徐静蕾就像墨色牡丹，更有一种强大的魅力，一朵就能压住整个春天。这么多年，她无意于取悦男人和这个世界，只是低头去过自己美好的小日子。她缝纫，读书，写字，拍电影，把自己从炫目的奢华世界里拎出来，放到别处，放到灯影寂寂处，清凉度春秋。淡定，从容，我是我，我做我，这才是真正的

牡 丹

雍容度日啊!这样的女子,心灵有贵气。

有一回,黄曙光老师画牡丹。我站在案边看,不禁脱口道:"我所理解的清贵,就是在寻常俗世里,做一个心灵有贵气的人。"

心有清贵,不盲从,不逢迎讨好,不献媚,始终按照自己的姿态,活在这个世间,活成一朵墨色牡丹,看尽繁华,灵魂巍然挺拔。

养一缸荷,养一缸菱

从前,我在院子里养了一缸荷花。春三月,荷钱出水,亭亭举起一个个卷轴,慢慢在风日里摊开,成了小小的荷叶。早早晚晚,我就喜欢在那缸新荷边转悠。忽一日,我觉得应该给这一缸荷移来一个邻居,不然太孤单了。

一直觉得,在植物的世界里,水生植物是最有仙气的,如菱,如荷,如芦苇,如菖蒲……

思来想去,决定养一缸菱角。生活在水乡,寻菱不难。春末夏初,菱角秧浮出水面来,密了,会被农家扯上来扎成一把,拎到菜市场上卖,那菱角秧的根下常常还悬着一个牵肠挂肚的黑色老菱角。

我就买了一把菱角秧,又辗转寻来一口大陶缸,填了土,灌满水,种上菱角,让它陪在荷缸旁边,让荷与菱从此在对望中生长。

初夏的阳光不热烈但温暖,特别能滋养植物。荷缸里,荷叶一枝枝挺上来,仕女游春一般,风起时,翠色罗裙飘扬。菱缸里,菱角的叶子渐渐就要铺满水面,它的叶子表面仿佛滚了一层蜡,明晃

荷

晃地闪耀着光亮。

　　这是一对相宜的邻居，仿佛两个气息相近的女子，彼此皆不寂寞。下雨的时候，雨水打在荷叶上，点点滴滴，我仿佛听到荷叶在讲一个悠悠远远的故事给菱角听。不起风也不下雨的时候，荷与菱

菱

养一缸荷　养一缸菱

就各自静静生长着。有时候,小蜻蜓从荷叶盘上飞起,又飞进了菱缸里,落在翘起的菱角叶上,仿佛殷勤的信使。

夏末秋初,荷花凋零,荷叶丛中一只只粉绿的小莲蓬躲躲闪闪。摘莲蓬,剥莲子,给小儿吃,自己也吃。莲子清甜细嫩,仿佛初心。菱缸里,碎碎小小的白色菱花开过,粉红紫红的大菱角也无法隐身了。原来,荷与菱,都不曾虚度光阴,都捧得出自己的果实。

两缸植物,既是风景也实用,在彼此的相伴里,让各自的生命呈现出最大的张力。

就这样,在两口最朴拙的大陶缸之间,我的光阴,就像诗句里的江南,是莲也多,菱也多,水也多,当然小心思也多。

常常会恍惚:是一缸菱陪了一缸荷,还是一缸荷陪了一缸菱?是我陪着这两缸仙气袅绕的水生植物,还是这两缸水生植物陪着我度了寂寂光阴?

我在看荷赏菱的时候,内心是饱满的,不觉得自己遥远,不觉得自己卑微,只觉得生之无限美好:是静静的欢悦,是不忧不惧的生长。

生命许多时候需要一种对望,就像荷与菱,就像我与两缸水生植物。我们并不总是孑然,我们需要有一个气息相近的生命,不远不近,与自己默然对望,无需多言。在这样的对望中,我们深深感受到自己正独一无二地存在着,感受到时间的流动里充盈着芳香和深远的情意。

有一年冬天,是深夜,我开车三个多小时,穿过覆盖了深雪的柏油路，无限感动地回家。那一天，我和几个朋友在一起，是气息相近的朋友。窗外雪大了，路上雪深了，我都不急。我愿意大雪封路，把我困守在一壶水汽腾腾的茶前。

在时间的无涯的水泊之上，我和我的朋友，是菱，是荷，是芦苇，是菖蒲……我们默然对望，彼此珍重。我们珍惜一次偶然的小聚，即使大雪压境，也不愿轻易言散。

我大约是个两栖动物，既是水生的，也是陆生的。有时候，我热爱孤独，不愿意被人打扰；有时候，我希望自己是一缸葱翠的荷叶，身边有一缸默默无言的菱在陪着。

在最热闹的场合，我是一座最寂寞的岛屿，独自怀拥万千孤独，只与头顶的星光相望。

在最孤独的光阴里，我努力长成一缸茂盛的荷叶，放在最热闹的地方，也不张扬。

樱花一直在开

多年以前,我收到他写的一方信笺。

诗句与信笺,是妙不可言的结合,就像天空因白云而生动美好一样。他在信笺里写道:"欲把西湖比西子,浓妆淡抹总相宜。"(宋代苏轼,《饮湖上初晴后雨二首》)只觉得苏子的诗句好。他借来了,嵌在那些长长短短的句子里,也觉得好,不作深想。

后来又收到了他写的信笺,里面有刘禹锡的句子:"东边日出西边雨。"(唐代刘禹锡,《竹枝词二首》)知道他借的是名句,依旧不作深想。

多年以后,他告诉我,苏子的那两句诗的前面有一句是"水光潋滟晴方好"。还告诉我,刘禹锡的那首诗后面一句是"道是无晴却有晴"。

这样被点拨着,拢一块去想,才想起那些诗句的前面或后面里,无一例外地都藏了我的小名"晴"在里面了。

原来,在他的那些过往年华里,在他借来的诗句里,我一直默

樱花

默地存在着。

　　我被他藏在了两句古诗里面,藏在逶迤的笔墨里,藏在春风一样温柔的时光里。经年之后,我才蓦然懂得。

　　由信笺不由地想起樱花。

　　记得看过一个日本爱情剧。剧里,那个英俊洒然的青年,站在

一棵樱花树下，等一个穿和服的姑娘。姑娘手执油纸伞，碎步走来，走在随风飘落的樱花里。那淡淡的身影，娇小，清美，也好像一朵风中的樱花。

因了这剧里的画面，没来由地喜欢着樱花。不仅喜欢，还相思。想过去学日语，春天要去那个岛国一睹樱花容颜。甚至想过，老的时候，住两间矮矮的平房，但一定要有院子，里面植高大的樱花树。树下是竹质的摇椅，我靠在上面，另一个人和一只猫陪在身边。风息时，他忙着捡拾落在我发间的樱花碎瓣。

其实我住的大院里，花树也多。洁白孤傲的玉兰，缀满紫花的木槿，黄的迎春，红的月季，还有许多叫不出名的花。可是，心底总倔强地横亘着一段遗憾，那就是：我爱的樱花，它今天开落在哪一场春风里？

有一年的春末，朋友来看我，我站在一棵花树旁迎她。朋友笑盈盈地走近，不看我，却看我身边满树的花，惊呼："这樱花，好漂亮啊！"

天啊！这是樱花？

我与这花树为邻十年，竟不知道，它就是我柔肠百转的樱花！

原来，年年樱花都在开。

浩荡春风里，大院里的花儿们灼灼开放，都在浓墨重彩地炫耀自己的美丽，只有樱花不谙世事似的撑开一片片薄绿的叶。当百花谢尽时，它才悄无声息地来了，从叶缝里挤出一簇簇的粉红。那花儿，薄薄的瓣,淡淡的粉,像平民家的女儿,穿着洗得有点发白的衣裙,不浓艳,却也不染尘。大约是受不得早春的凉风,才赶这趟春天的末班车。赶上了,樱花胆子又小,每一簇总要凑个三五七朵,挤挤挨挨开在一起。

只是,见过了百花盛开的阵势,见识了世事繁华,面对这开在春末的樱花,即便美丽,又哪里会在意?

这些年,想必它开得寂寞。我与它为邻十年,与它不远不近地相对,只因"不识"二字,竟不知道自己拥有它已有如许之多的岁月。

我只惦记远方有未见的樱花,不曾想过去细细端详身边的花树,即使每天从它身边来去,也只是漠然来去。

佛家说:有缘时,当惜缘;无缘时,莫攀缘。

只是,哪怕是对面的缘分,也少不得一个"识"字啊!能识,才会珍惜;能识,才知莫攀。

借来的诗句,不识的樱花。缘起多年,浑然不觉。如今,岁月渐深,恍然顿悟:有多少花开,默然在春风里,只是,我们走过一直不知。

还有多少深情与眷恋也是这样,遗落在光阴的褶皱里,被我们漠视,乃至忘记。

想起多年前的那个他,想起他借来的诗句:原来,我也那样诗意地存在过,在他的心里。就像我曾经浑然不觉,而樱花一直在开。

凤仙花开初试妆

十二岁,青荷出水的年纪。

一切清明澄澈,只有微微的风,和浅浅的涟漪。

夏日黄昏沐浴后,一木盆的清水里掺着香皂和花露水的香味,被"啪"地泼在院子前。水像一件石青色的裙子在地面铺开,潮湿的水印子渐渐蔓延到凤仙花边。凤仙花也好像是十二三岁的年纪,粉嫩多汁。嫩豆绿的茎一掐,指甲缝里便濡上一层湿润。狭长瘦削的叶子背后罩着一朵朵蝴蝶似的花,玫瑰红,海棠红,樱桃红,浅莲红,白色,粉色……朵朵簇簇,密匝匝,笑呵呵。一树盛开的凤仙花,就是一场热闹的蝴蝶会。

那一年,简朴的院子前,就被我那样密密栽种了一排各色的凤仙花。沐浴后的我,穿白色的确良短袖上衣,下面是海水蓝的确良裙子,裙摆处镶了两道白杠。我端竹椅坐在凤仙花边,安安静静等花开,等天黑白月亮浮上来,等夜露软软湿了脖颈上的痱子粉。不知道是凤仙花装点了我的裙子,还是我和凤仙花一起装点了乡下清寂的小院。只知道，花是香的，我也是香的。

邻村有两个男孩子，暑假里日日调皮，晒得黝黑。有一日黄昏，他们走到我的竹椅边，磨蹭半天，说要摘几朵凤仙花，我摇头不答应。方脸的男孩子温温软软地说只要一朵，我一笑，他就蹲身挑了一朵。另一个长脸的男孩子不甘落后，也挤过来要，我怕两个人一前一后地要下去会摘尽我的花儿，再说我觉得男孩子摘花实在没有什么道理，就拒绝了。"给他不给我，养个儿子没屁股！"长脸的男孩子嬉皮笑脸地胡诌起来。我羞愤得要哭，刚沐浴过的身体，出了薄薄一层汗：我还只是一个小女孩呀，离长大还那么遥远，提什么儿子呢！我这样想着，那边他们已经探身摘掉一大捧凤仙花，嬉笑着飞跑了。多年以后，当我已成年，经历了粉红情事，知晓了凤仙花的花语是"别碰我"。再忆及从前那两个男孩子，只觉得他们像两只初次出巢笨拙采蜜的小蜜蜂。

十八岁的初恋，深深浅浅的情，像月亮下的一面湖水，幽深平静。

黄梅天，江北的天空日日蒙在蟹灰色的幕布里，雨朝朝夕夕地下。他打着伞来我家，和我说话。我坐在窗子前，背对着他梳长长的发，心思又潮又软又艳。彼时，窗外的凤仙花在雨里乱乱地开，浓浓淡淡一片湿红和湿绿。他坐在木床边沿，后来又站起来，问我院子里有这样多的凤仙花，有没有用它染过指甲。"当然染过！"我还说这些凤仙花都是我从前亲手栽的，后来种子落下来，代代繁衍，好多年了。说这些的时候，心底忽然掠过两个墨色的影子：那两个小花盗，如今已经中学毕业，出门谋事去了。

恋人心动起来，笑着抢过我手里的梳子，替我梳起来。枣木梳子从发根捋到发梢，轻轻浅浅地按下去。梳发的动作是慢的，黄梅天的檐下雨滴是慢的，雨里的凤仙花开放是慢的，时光是慢的，幸福是慢的。甜美的人生，我以为，也是慢的。他默默地梳，我默默欢喜，彼此都无言。

多年之后的这个春天，日日听雨，听得落落寡欢。一日兴起想要作画，翻箱倒柜寻出从前的毛笔和一小叠泛黄宣纸。不消一刻，画作即成：黛青色的茎两边，是片片黄绿翠绿的修长叶子，当中一坨朱砂红。墨色的青砖院墙虚虚地画在宣纸一角。一幅凤仙花的中国画在我笔底就这样婆娑生姿起来。

画画的时候，雨水已经在薄阳里暂时收了性子，楼下人家的院子外草丛里，野生的凤仙花苗已经出土，我又想起从前。在老家的院子外河畔上，几个女孩子摘了凤仙花堆在小青石上，一边轻揉花瓣，一边取汁染指，一个个成了俏佳人。在不远处的柳荫下，有两个皮肤黝黑的男孩子在探头缩腰地偷看她们。其中一个穿蓝色裙子的女孩子站起来，对着河水照照，又对着同伴炫耀她戴在发间的凤仙花环，那是用狗尾巴草串起来的凤仙花环。她不染指甲，她要与众不同。她知道他们在看她，她也故意站起来，让他们看。

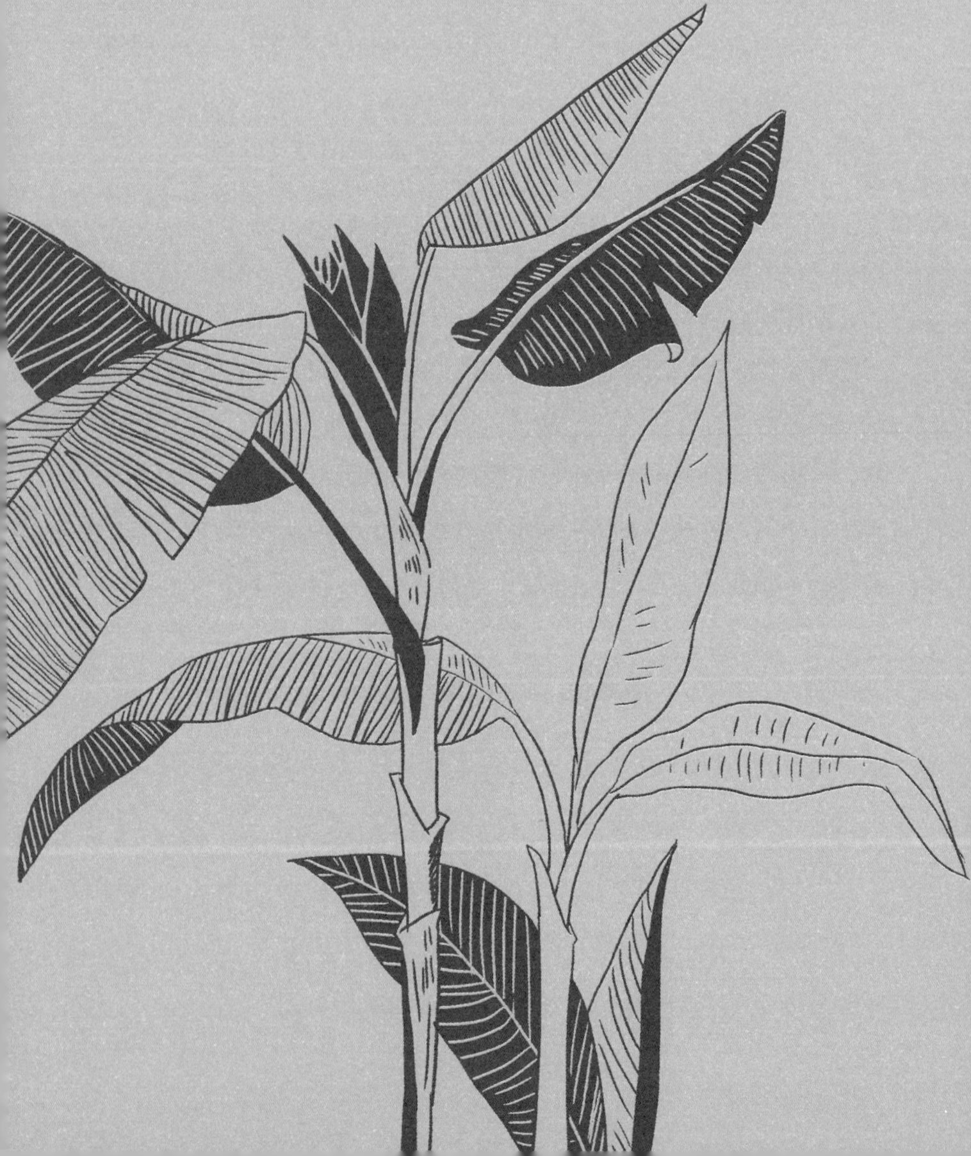

第四辑

轮回在味觉里的植物

南瓜头 — 一素到底

在饭桌上,伸筷,遇到一盘清炒南瓜头,仿佛邂逅深山水泊处的隐士,内心倏然清凉寂静。

南瓜头,实则南瓜藤上的嫩茎蔓,并杂以嫩叶柄。撕去茎蔓叶柄上带刺的表皮,再剪成条状,清水濯洗。细睹篮子里滤过水后的南瓜头,一根根,玉树临风的样子。用植物油下锅,佐以青椒丝或红椒丝,清炒。火要辣猛,翻炒要快。放盐少许,盐多菜显老。放糖少许,糖可以收收野性,增添它的亲和。起锅时拍两粒蒜放在里面,美味即告成。

暑热的天气,肠胃脏腑皆成火焰山,唯有一盘盈盈青绿的南瓜头才是那把降温的芭蕉扇。筷头子上挑几根过来,横在碗边,一碗米饭入喉下肚。漫长的暑天时光,在食物里被一寸一寸消解。与其说人在盼夏天,不如说是胃在盼夏天——盼夏天水淋淋的瓜果,更盼那盘翠绿翠绿的南瓜头。

北方也种有南瓜,荒山丘陵的脚下爬满南瓜藤,但我总以为那

里的南瓜头不可食,缺少水意,唯有这雨水充沛的江淮地区生长的南瓜头好。它们含情脉脉地长在田间地头、溪畔水边,等人去掐去采。每年清明谷雨之间,我都会在单位大院里的偏僻处种上几行南瓜,不为吃那矮胖的黄南瓜,而是舍本逐末地为吃南瓜头。六月天,梅雨绵绵地下,菜园里的野草和菜蔬一起疯长如叛军,南瓜硕大的叶子层层叠叠铺满菜畦和地沟。清晨,去菜园,露水濡湿裙摆和脚踝。裙摆下,南瓜藤纵横交错地爬,野性十足,那茎蔓粗得像怀孕的水蛇。俯身去掐南瓜头,一掐一大把。提回家时,一路滴水——有叶子上的露水,也有茎蔓里渗出的汁水。南方的南瓜头,永远是二八年华,含着水意的。

有一次,在饭店吃饭,服务员端上一盘南瓜头,用肉丝炒的。一见,恨从脚底起:怎么可以这样亵渎南瓜头呢!格调低下的荤腥,怎么可以挤进南瓜头的怀抱里!南瓜头只宜素炒,唯素才够纯粹!一颗心素要素到底,不同流,不合污,不与油滑浅薄者为伍。

夏天在家里,上午的时光总会用来撕上半篮南瓜头。中午清炒,佐青椒,一素到底。碧绿的南瓜头卧在净白的瓷碟子上,一眼看去,只觉民风纯正,山水清明。

吃南瓜头的时候,不知为什么,总会想起明清小品里的那几个人:王思任,张岱,金圣叹,毛先舒……明末清初,居于苏杭,诗酒文章,既有风雅也有风骨,不谄媚新贵,不趋附达官。明亡,一个个或绝食,或隐居,或不仕。大凡隐士,都是有节之人,隐于偏僻江湖,以疏狂姿态,坚持自己的信仰,跟南瓜头的确有几分神似。

南瓜头的身份,在菜品里,只能算是一种野味、一个配角,而且,永远无法给它加官晋爵——实在想不起,除了辣椒,南瓜头还能跟什么菜混搭起来合炒。南瓜头倔。因为倔,所以纯粹,所以格高。

我在江边小镇,过的也是一素到底的日子:工作之余,写点小文,种些家常小菜,养几样不成气候的花木……自我感觉这状态也是野生的状态。偶尔会指导家人炒南瓜头,提醒他要一素到底。

当归

"当归"两个字,有中年的寂寥。当归不归,根根叶叶都化成了浓重的思念。

《诗经·周南·桃夭》里言女子出嫁为归。"桃之夭夭,灼灼其华。之子于归,宜其室家。"瞧瞧那桃花,如此艳丽而有光彩,这个姑娘要出嫁了,想必家庭生活一定和谐美好。一直纳闷:明明是嫁到异姓人家去,如何算得"归"呢?出嫁叫归,那么回家呢?"归宁"一词说的就是旧时已婚女子回娘家。回家也叫归。

我想:人在此处,心却念着彼处,大概就算是思归了吧?少女时怀春盼嫁,成年后又分外怀念父母及少年时光,两头奔走,都可谓归。两头奔走中,思念在煎熬着一颗不安定的心。

当归就是一种怀着思念之痛的植物吧。

当归为甘肃特产,素来有"药王"之称,大多中药方剂里都有当归。从图片上看到的野生当归,细脚伶仃,生长在阴湿的高坡上,顶着一簇伞形的细碎白花儿,实在叫人怜惜。她仿佛是一位古代的女子，一身青衣，迎面从树荫下走来，独自擎着一把素白的雨伞。她走过我们的身边，幽幽地散发出一缕忧伤的气息，然后向着远方的高坡迤逦走去。她翘首远方，看山海茫茫，盼归。

传说里多的是破碎的爱情，关于当归名字的来历有许多传说，其中有一则也是一段伤心事。它说的是，从前甘肃有男子名李缘，家有老母与新妻，日子过得清贫安稳。某日他听人说山中有名贵药材，便去采。临走留了话：若三年不归，妻可另嫁。三年过去，李缘未归，一身愁病的妻子另寻人家嫁了。谁知翌日，李缘背下满筐药材回家了。两人再见，涕泪满襟，但妻子已是人家的妻子。善良重情的李缘将草药送给了妻子。自此妻子常吃那草药，以疗因思念之苦而折腾出来的枯槁容颜。这样一桩错过的姻缘，实在可惜。唐诗说："胡麻好种无人种，正是归时又不归。"唐代葛鸦儿《怀良人》中这草药就叫当归吧？

从前我以为，女人一辈子一定少不得爱情，如同少不得口红与胭脂。现在我知道，往深处走，还少不得相思与当归。因当归对女子的经、带、胎、产各方面妇科病都有很好的疗效，所以它被誉为"女科圣药"。药能治病，但能治心伤情伤吗？那些因为久别思人而衣带渐宽的女子，最好的当归怕还是那在外的人吧。当归！当归！盼的是那人和暮色一道，从山上缓缓下来，满面风尘地在院门前卸了行囊，长唤一声："娘子呀，开门！"

读余光中的诗歌《布谷》时，总会想起"当归"两个字来："不如归去吗？你是说，不如归去？！归哪里去呢，笛手？我问你"。

诗人在一水之隔的海岛，在清明前后的烟雨里，听着布谷的叫声，一声声，仿佛思乡的钟被悠悠撞响。回不去的是故乡，回不去的是时光，回不去的是唐诗和水墨画里的乡土中国。文人的乡思如嫣红的落梅，纷纷扬扬，在纸里纸外都铺满了。妻子儿女都在身边，又如何呢？故园不在，更深的思念里一样可以陷落一弯故乡的月。

人生如寄——说的是生命短促，短得如同寄居于这尘世之间。其实，即便妻女团圆，即便一辈子不离乡土，深想下去，我们还是这个世界的寄居者。在这个星球上，诗里的长江大河肯定比宅前的两棵桑树存在的时间长，爷爷种的桑树也会比我们存在的时间长。时空无垠，生命须臾，我们都是客居者，能归哪里去呢！即便是客居，在这短短的时光里，依然心在远方，风景在远方，有烧痛的思念在胸腔。

思念时，看月亮，月亮便越发瘦了。瘦削清白的月亮慢慢翻过了那道山梁。月光下，同样清瘦的多年生草本植物——当归，在高寒的山顶上又开起素净的小花来，自开自落，白如月光。

只是，谁是人间未归客？

山有桂子

桂花细细碎碎地开,最日常,最民间,像日子,无惊无澜的日子。

一年一见。见时花开纷纷,一小朵一小朵,絮絮叨叨的样子,挤在花梗处、叶荫下,一点不张扬,老老实实过日子的姿态。

《诗经》里有男女互赠香草的描写——赠芍药,赠白茅,赠红管草,但没见赠桂花。我觉得桂花真值得一赠——在那样的草木年代,赠一枝,整个村子都沉浸在香气缭绕中了。现在的送花时节,人们多送玫瑰和百合。其实真不如送桂花。

桂花似乎太烟火,最适合被爱情遗忘的中年女人。院子里栽一棵,没有妖娆的颜色,但是香气熏染日子,熏得有一种很结实的甜蜜。

说来也怪,每年桂花盛开时节,我都会小病一场。但即使病中,我也会去采桂花,回来制桂花糖。

一手托一只小篮,一手从枝梗上捋,小半天才收获半篮。小半天的桂花就够了。看它们卧在篮子里,软软的,凉凉的,像恋爱过后有些寂然的心。回来在清水里漂几趟,滤掉生水,拌糖。一层一层地撒上白糖，白白的、水润的花瓣便渐失了颜色，皱了。整整一钵的桂花糖！花已经成了食物，换了身份，被实实地装进了密封的坛子里。

隆冬煮鱼，开了坛子，舀出一勺桂花糖，烟气迷蒙中，转身放进突突冒泡的鱼锅里。中午，一盘红汪汪的红烧鱼端上来，筷子蘸汤，舔上一口，桂花的香在舌尖不散。此时桂花在红烧鱼里显得太隆重，太奢侈。它让红烧鱼增了色，却浮在鱼汤里，不言不语。

诸花之中，大约只有桂花和吃贴得这样近，和烟火贴得这样近。除了桂花糖，还有桂花糕、桂花饼。中秋吃月饼，最喜那饼馅里一粒一粒的桂花，尘芥一般，丫鬟一般。

还有桂花茶。用沸水冲泡，一粒一粒的小花在水里乱纷纷地逃逸，然后浮上来，在水面上铺成一片，眉头紧锁似的不情不愿。可是，半个时辰后，揭杯盖窥一眼，它们一粒一粒，相继缓缓沉下去，禅坐在杯底，好像一群怀抱理想的女子，在茫然与不甘之后，最终与生活达成和解，淡然下来。理想还在，化作一脉袅袅的茶香，各自咀嚼，各自回味了。

冰糖桂花藕，是我冬日里的最爱。想想就觉得温暖，仿佛外婆装着绵长旧事的怀抱。冬日进城，路过东门，总会在那条巷子口买一截桂花藕，枣红枣红的，还拖着细长的糯米汁。寒风里，趁热啃上一两口，香香的，甜甜的，面面的，倏然觉得尘世仁厚可亲。

可是，桂花骨子里到底是有远意的。山中桂子，在我们看不见的僻静清幽处，兀自开开落落。

"人闲桂花落,夜静春山空。月出惊山鸟,时鸣春涧中。"王维的《鸟鸣涧》,每读一回,心上便起一次雾。月色素白,朗照深山,在那重重叠叠的深山里,有桂子在寥落地开、寥落地败,那多像一个寂寞的灵魂,在午夜时分,在晚风经过的刹那,逸出了自己的身体,清凉地开落在山间,开落在露水里。更多时候,桂花像是一个女子,有着古典的情结。她一边三头六臂地应付世俗日常,过着跟所有寻常主妇一样的烟火日子,一边隐藏自己,躲在书页笔墨之后,躲在清风明月淡花之后,过自己清凉的生活。在浑浊滞重的世俗对面,她是清凉落寞的山中桂子,遗世独立,独自花落,独自享受这无边的苍茫与静谧。

身边一直有这样一类女子存在。她们身陷烟火深处,又时时在内心举行庄严的仪式,供奉灵魂。她们时常放纵自己,去做山中月色里的桂子,枝叶萧疏,香气淡远。

日子繁茂,内心有一角,秋风萧萧。我知道,远方的月下,远方的山里,有桂子静静地开又落。

一架扁豆,一架秋风

秋风中,与一架累累扁豆相遇,忽觉秋色丰饶,寻常巷陌间也有繁华。仿佛那扁豆架是一座紫色的草庐,里面住着淳朴洁净的妇人,她的微笑里有着温暖丰厚的情意。

平常的日月无惊无艳,但自有一种沉实和动人,就像秋风里的一架扁豆。

每日出门和回家,会路过巷子口的一户人家。那户人家的院子里种有扁豆。夏天的时候,那扁豆只是在勤快地长叶子,枝枝蔓蔓,层层叠叠,大江涨潮一般汹涌堆绿。紫梗绿叶,我知道秋天一定会结紫色的扁豆。因此每每路过那扁豆架,总是怀着一种甜蜜等待的心情。

暮色微浓时,会看见女主人在扁豆架边浇水并整理乱爬的茎蔓。中年女主人梳着短发,着白底蓝花的棉质家居服,看起来是一个素雅的女子。半开的窗户里轻轻飘出袅袅的女音,细听是黄梅戏。我不知道这个素雅的女子有没有丰富的内心,但我知道,在这个暮色

扁豆

下的小庭院里，她是安然而恬静的。提壶浇水的她和她的院子，美得像一幅风俗画。小庭院，老戏曲，秋风年年吹，时光尽管如流水逝去，但日子敦实静谧，便是尘世大美。

在植物里，扁豆的生长很神奇。我认为它很有母性——春天一棵秧苗，到秋天已经蔓延得满墙满院都是，简直像母系氏族的部落。从前也种过一架扁豆，在单位院墙边。起初只是孱弱的一根茎蔓沿

细竹子往上爬,哪知道一两个月之后,它竟肆意葱茏成一片,向着院墙头攀登。秋阳下,一串串的紫耳朵竖起来,像在招手听风,又泛着灼灼的光。我常站在扁豆架边,看它们开出一穗穗的紫花,看那些慢慢萎谢的花朵里探出弯弯的小扁豆,看那些小扁豆渐渐拱圆了小肚皮。在微凉秋风里,在灿灿暮色里,看这些成群结队的紫扁豆,会由衷地觉得日子是殷实的,时光亦温厚可亲。

吃不完的扁豆,我会将其放开水里焯一遍,然后滤掉水,在秋阳下摊开晒干,做扁豆干。黄昏去阳台收,竟都变成米黄色了,也皱了,好像满面皱纹的老者,阅尽沧桑却又沉静淡然。冬天,我总喜欢和家人一起分享一道佳肴——肉焖扁豆干。家人相互之间夹一些卧在碗上,低头深闻,好香!想起秋天的那扁豆架,觉得秋阳的暖、秋风的浩荡都在这一脉菜香里了。在大雪深冬,关门闭户,与家人分享自己亲手种下、亲手采摘又亲手烹饪的这道肉焖扁豆干,自觉这日子朴实里透着隆重。希望来年还种扁豆,还这样度着深冬严寒天气。显赫富贵其实没那么重要,没那么迫切,有暖老温贫在秋风里,这日子也自有静美和深意。

据说郑板桥当年流落到苏北小镇时,在自己的厢房门上写有一副对联:"一庭春雨瓢儿菜,满架秋风扁豆花。"想想吧!在一个偏僻的小镇,茅檐低矮,过的是清苦的乡居生活,可是板桥先生不以为意,他总能在寻常物事中发现一些动人的美来。画竹的间隙,抬眉看自己这小庭院,菜蔬青碧茂盛,春有青嫩的瓢儿菜,秋有肥硕饱满的弯扁豆,半是为着吃,半是为着赏。物质上简单些,精神上就能走得高远些。宁静淡泊的生活,彰显的是一种风日洒然的姿态。

清秋出游,去乡间,在桂花的缭绕香气里,诗行般的田畦篱落间,总能遇见那些素朴却也蓬勃的菜蔬和水果。而我最喜欢看的,还是秋风里那满架摇动的扁豆。它是那么寻常,又那么绚丽;那么偏僻寂寞,却又那么欢喜自适。

知母,知母

知母是草,也是中药。

所有的中药都具有母性,所有的草都是谦卑的。

五月里,我到亳州去。它是中国著名的药都,华佗的故里。人在高速上,远远看见平坦的黄土地上一片片低矮的绿色,细长的叶子微微摇曳,比菖蒲要瘦。忽然想:那是知母吗?

在亳州的中药大厅里见到的知母,是知母的根,苍老的根呈黄棕色。我拈出一根来嚼,微微的草木气和泥土气之后,是微微的甜和微微的苦。这是年老的知母。

年轻的知母呢?抬头一看,年轻的知母在高挂的照片里。一丛无邪生长的葱碧知母,叶片纤瘦呈披针形,叶由基部丛生,欢喜披拂于风日里。它们像一群十七八岁的乡下姑娘,还没有出嫁,还没有经历浆纱缝补的艰辛日子,相约着去垄上看花。我想:年轻的妈妈当年一定也是这样,紫衣翠袄,像绿叶丛中亭亭探出的一枝知母的花。

想象秋风浩荡时,百草凋零,亳州的那片古老土地上,知母从泥土里起身。药农们挖出知母的根,将一节节棕黄附有毛须的新根,在秋阳里翻晒,空气里飘散着隐约的草香,像植物在抒情。三五个翻晒日之后,知母拍拍身上的残泥,簇拥着走进了中药房棕黑色的抽屉里,去完成自己的使命。《神农本草经》上说知母:"味苦寒。主消渴,热中,除邪气,肢体浮肿,下水,补不足,益气。"这就是知母,不论自己是苦寒还是普通平凡,唯知自己的使命便是救病体于水深火热中。这便是一味草药的母性。

闲来乱翻书,原来知母这名字是有来历的。从前有一采药老太太,无儿女,给穷人治病也不收钱。眼看年老,后继无人,于是想出认子授艺的法子。但一连认了两个儿子,发现他们都是势利之徒,识药的本事就没传。后来她在一次乞讨中饿晕,被一樵夫所救,并被认作母亲,被当作亲母一样奉养。老太太临死前央樵夫背她上山,一一指他认药。老太太问樵夫她为什么会选他传艺。樵夫说,母亲一定是想找一个厚道之人来传,不想让居心不良之人识药行医来发财、坑害百姓。老太太笑了说,你真懂得我的心!于是指着脚边那一丛还没有名字的草药说,就叫它"知母"吧!

想来,懂得心意才最可贵。想起自己的少年,想起在母亲身边的那些旧事,不禁羞惭。那时,家境窘迫,母亲虽爱打扮,但衣衫也只能粗陋。有一年冬天,临近过年,我看见母亲站在镜子前,一个人正悄悄试穿一件秋香色上衣,但我没有看见我的新衣。少不更事的我愤怒至极,当着母亲的面,抽出剪刀来剪碎了它……如今,

我也做了母亲，也到了母亲当年试新衣的年龄，我也爱美爱置新衣。想起当年的那一剪刀，一定伤得母亲流了许多泪，我便惭疚不已。

其实，不是女人做了母亲就不该爱美、爱新衣了。天下所有的母亲，所有的女人，不论多老，在一面明亮的玻璃镜子前，她永远是一个小小的女人。小小的女人想要美丽，想要自己欢喜自己的样子，想让别人见了也欢喜。

夏天去商场给婆婆挑衣服。婆婆胖，衣服难找。但依然挑到一件满意的短袖上衣，白底子上是繁复的蓝色小花。最美的是领口，镶有一圈同色打褶的荷叶边。回家递给婆婆，她喜欢得要命。春天给妈妈淘得一双布质的绣花鞋。看鞋的时候，心情奇怪，觉得仿佛是给自己的女儿买鞋，想象着妈妈穿上它美美的样子，心里一阵甜蜜。

一丛知母青叶婆娑。而我在岁月的路上绕了一大圈之后，终于开始懂得母亲的心意，以一个年轻母亲的心抵达当年另一个母亲的心。

紫苏

荏苒,说的是时光在不知不觉中渐渐流逝。可我总疑心这个词最初的意思肯定与植物有关。到想写紫苏的时候,终于确定。

紫苏还有好多个名字:白苏,青苏,赤苏……但,其古名叫荏。想起许多年前,在梅雨过后的沙地上,摇曳着紫苏那长有锯齿的卵形叶子,那么茂盛,苒苒齐芳草。那时的我,还是一个孩童,未谙世事,更不懂一种叫荏的植物,在土质疏松温软的长江冲积沙洲上,苒苒生长,年复一年。

我只知道,我是一个孩子,我在成长,像一株草本植物那样成长。

沿着攀满牵牛花的竹篱笆,穿过一段细细的小沙路,就能到达外婆家西边的那一口池塘。池塘小而浅。夏夜月下,它像一枚青白色的鸭蛋丢在青草丛里。岸旁有泡桐、桑树,粗壮高大,威武得撑起了夏日的天空。我就在那树下寻蝉蜕,或者跟着高举竹竿的舅舅套蝉。外婆和姨娘立在篱笆边,远远地看着我们。彼时,外婆守寡多年,姨娘还未找婆家,我们在一起,生活得像古老的母系部落。

那树下，也有一个植物的部落——紫苏，一丛丛的紫苏，没过了我的膝盖。紫叶子，绿叶子，挤着挨着，茂盛得不仅填塞了彼此间的空隙，而且还勾肩搭背撑起浓荫，遮掉了更低处野草的阳光。许多年后回忆童年，似乎就是在暑天里的泡桐树下，满地齐刷刷的紫苏跟我比赛着生长。

紫苏是一年生草本植物，春生秋谢。时光匆匆，生命短促，那时我也不觉悲哀。转头过个年，又可以举着竹竿踩着紫苏去套鸣蝉。直到舅舅结婚，直到我上完了小学上中学，才知道从前在长满紫苏的沙地上奔跑嬉戏的时光叫童年。知道的时候，童年已经一去不返。

不知道自己是怎样长大的，只记得当年的舅舅常穿喇叭裤，在他的房间里齐齐贴了一排的影视明星照（如今舅舅已经中年沧桑，为一家人衣食奔走）；外婆当年皮肤白皙清瘦美丽（如今已经腰身佝偻皱缩，坐在椅子上晒太阳像一块陈年树根）。一直记得，在紫苏叶边奔跑的我，脚踝与小腿上沾满了紫苏的芳香。那时候的我，未历艰辛，未解风情。

彼时，我还没有爱过世界上任何一个男人。我像一株植物一样，在光阴深处散发自己最原始本真的气息，陌生人的脚印还未抵达我的心，未抵达这丛生紫苏的荒僻小园。负人与被负，都还没有演绎。我的心透亮纯净，如开春初醒的湖，未起波澜，未曾浑浊。我素朴得像一味正生长的草药，素朴得像一个简洁的名词，形容词还没有来修饰或纠缠。

紫苏似乎是不开花的，粗枝大叶的模样像极了未涉情事的乡下姑娘。但其实它是开花的,结的果实叫苏子,貌不惊人,可榨油。夏秋之间,紫苏的花开得碎,色淡。它在浓荫下那样无声无息地开,似乎就没把开花当成它生命里的正经事对待,就像小孩子过家家,只是个形式,并无实质内容,更与爱情无关。

紫苏性温,有治感冒风寒、恶寒发热、咳嗽气喘等病症的功用。紫苏叶也可食用:开水焯一下,然后挤掉水分,切碎,佐油盐等来凉拌。但我认为紫苏的温性,是未解世事艰难、未识人心深浅的少年温性——不是老温,不是峥嵘坎坷历尽,到最后磨出来一颗温老圆融的心。

在未识爱人之前,在未历相思与苦痛之前,我们都还像一拨拨叫荏的植物一样,简单而明媚地生长。时光荏苒,不知不觉到了中年,繁华与萧瑟都在肩头,才知道,这一辈子的幽情微恨,都是自爱上一个男人之后开始的。

踩露珠,闲斗草,扑流萤,那时光拙朴如一丛素叶淡花的紫苏,宁静如一盏夜灯下的素描。它与爱情无关。它在远方,在身后消失的地平线上。

杜仲那么疼

到山中去,遇见杜仲。

杜仲是树,一种怀有药性的树。

在气候湿润的长江北岸,在含山县境内的太湖山上,一片青葱茂盛的林子铺展在向阳的缓坡上。引路的向导手轻轻一挥,道:"喏,那就是杜仲。"转身看去,我的心上仿佛有露珠在草叶上欢喜地颤动,只觉得如遇故人。

一直觉得"杜仲"这两个字是一个人的名字,一个男人的名字。这个男人生在民国,穿洗得发白的长衫,以教书为业,兼以养花种草为乐。"五四"的狂热与激情慢慢在他身上平息。他像一条河流已经走到中下游,宽阔,平静,淡泊。杜仲应该是一个很平民的男人,有烟火气,有书卷气,浑身散发温暖的气息,适合做相伴一生的人。两个人一起做完家务,围着桌子同饮一壶暖暖的下午茶,看着日头从花架子上缓缓落下去……

我在太湖山的林子间小伫一会,端详杜仲。它们该有两三层楼那么高了吧。椭圆形的叶子层层叠叠,高高撑起一团浓荫。布满锯齿的叶片在阳光下被风轻轻掀动,似与来客默默颔首示意。彼时已到暮春,没有看见杜仲开花,想来花是早已凋落。时节已过,红装收起,素衫上身来持家。不知道那么高的乔木,若是开满花朵会是什么样子。回家上网查阅,杜仲竟然还有雌雄之别。雄花开得灿烂,白白粉粉的一簇,如同热闹的蝴蝶会;雌花开得素洁雅静,矜持得像小门小户的女儿,青衫绿袄全身包叠得紧紧的。

直到有一日,在一本关于中药的书上读到杜仲名字的来历,心才疼起来。原来杜仲真的是一个男人的名字。只是远不是我想象中的那种男人。传说从前洞庭湖上有个纤夫,名叫杜仲。由于长年弯腰拉纤,他的同伴都患了腰疼的顽症。为了给同伴治病,心地善良的他揣了干粮上山寻药,吃尽苦头,经老翁指点,才寻到了他要找的那种树。他采集了满筐满篮的树皮,却因为饥饿和疲劳而昏倒,被山水冲进了八百里洞庭湖中。待同伴发现时,他已经死了。同伴吃了他怀中抱着的树皮,腰疼病去,于是给这树皮隆重取了名字,就叫它"杜仲"。

这故事实在让人心疼。一味药对一种病,每一味药的寻找都是不易,如同一个女人要找生命里与自己刚好对应契合的那个男人,需要多少机缘与上下求索啊!

不只叫杜仲的这个男人让人心疼,叫杜仲的这种高大清俊的乔木,因为身体怀有药性,它的命运也令人心疼。杜仲作为药材,提供的不是花果叶枝,而是它的皮。幼时常听长辈一句话:人活一张脸,

树活一张皮。记忆里，我的父亲很少去伤害那些树的外皮。而幼时的我，曾经由于好奇用小刀去划过门前楮树的皮，树皮破，奶白色的树汁汩汩自刀口斜淌下来，一滴滴砸在脚尖处。那是树的眼泪吧？我想。自此不忍再伤害它们。可是，杜仲的一生，却是遭受"千刀万剐"的一生。

初冬来临，楼下有人在修剪香樟，为的是更好地迎接阳光入室，空气里流溢着树木特有的体香。我闻着这些潮湿而奇异的木香，忍不住遥想山中的杜仲：这个时候它们是怎样的境遇？也许，在一个薄阴的天气里，采集药材的人进山来了，在一棵棵名叫杜仲的乔木面前站定，取出明亮的刀来，在树干上左环切一刀，右环切一刀，再补上纵切的一刀，然后剥取树皮，背篓提筐地出山，留下那些疼痛的树木，独自收敛伤口，慢慢生长，重新复原，直至两三年后的采集刀再次从它们身上经过。

这样一想，心中不觉生起寒意。杜仲如果还是一个男人，他一定不是篱笆内那个养花种草的幸福男人。这一世，一定有女人一次又一次地伤害过他。只是，他静立在时光之后，默然无语。

和气萝卜

读到宋代周敦颐《爱莲说》中"出淤泥而不染"这个句子时,忽然想起白萝卜。

白萝卜出身于泥土,但从泥土里长出来的它,却洁白如玉。秋霜里收萝卜,去了茎叶,在清水里一通濯洗,便现出它清白而细嫩的容颜来。

白萝卜是多么寻常啊!它寻常到走进任意一个菜市场,你都可以看见它的身影。秋冬时候,再怎样艰难的人家,那热气腾腾的饭碗边都可看见萝卜在安静陪守。我总疑心,萝卜是汉魏甚至先秦时期的公主小姐——她长于金玉诗礼之家,却在频繁的战乱中流落民间,成为市井小民,于是当掉绫罗,穿上素服,就这样与一个普通的男人一起来应对冷暖,繁衍子孙,从此忘记旧日身份。

白萝卜,骨子里有贵气,懂风雅,却又这样不言不语直抵烟火深处。

腊月的农家,腌菜是件盛事。记得幼时,还住在瘦长的小河边,

冬日暮晚时分，年轻的母亲围着蓝色围裙在砧板上切萝卜，当当当，那声音清脆如泉水溅落在岩石上。白生生的萝卜条水汪汪的，像弯弯月牙，从蓝丝绒的夜空下生出来。"腊月萝卜赛过梨。"母亲挑一个最大的白萝卜，切去外周，单留一块方形的萝卜心塞到我嘴里。"冬吃萝卜夏吃姜，一年四季保安康。"母亲说。我嚼一口，又凉又甜，还有一丝隐约的辣味。

母亲把一大筐白萝卜切成了弯弯的瘦月亮，撒上薄薄一层盐，经翻拌揉压，它们就要成为佐粥的小咸菜。记得那时，我心里隐隐替萝卜叫屈，总觉得白润如玉的萝卜应该享受娇贵的水果礼遇，而不是低头委身做小咸菜。冬日早晨上学，路过一家家门前，总会看见芦席上那些摊开待晒的萝卜干，白花花的一片；到黄昏时分，再看芦席上的萝卜干，已变为昏沉的米黄色，一副垂老模样。我心中忍不住怅惘——为萝卜的命运。

因为白萝卜，母亲在冬日成了真正的巧妇。她的厨房也因此而庄严隆重起来。母亲做了白萝卜烧肉，在油亮亮的酱色里弟弟一心想着寻肉吃，可是常常寻错。偶尔，母亲会端出一钵排骨萝卜汤——白融融的汤，稠如奶汁，一片片萝卜沉在汤底，舀在勺子里，香气扑鼻，白如满月。排骨的味道全被收纳进这萝卜和汤里了。别的什么菜都不要，只要有这样的汤，一碗饭便顺顺当当进了肚子。午饭后，踏着泥泞和残雪去上学，田野上北风呼啸，肚子里的那个世界却安暖富足。

待我成年，一个人在厨房里侍弄一道鲫鱼烧萝卜的菜时，看着锅底突突翻滚的白萝卜,忽然感慨不尽。萝卜怕是蔬菜里极具中和精神的一种菜了——它太舍得放下自己,太能低下身姿去成就一道道美味佳肴了。它不像那些煮不烂的铁豆子,桀骜不驯坚持自己不松手。红烧肉里它几乎要成为荤菜了,排骨汤里它娴静温和如年轻美丽的母亲。它打开了自己的小宇宙,一片一片拆砖拆瓦,重新建筑,委身于其他荤素菜的檐下,成为另一座建筑的一部分。

《唐本草》里说萝卜能"大下气,消谷",《食性本草》中说它能"去邪热气"。说得通俗些,就是它有消食、化痰定喘、清热顺气等功能。想起早年,自己为白萝卜叫屈,觉得白萝卜该怀有郁郁不平之气才是——它那么美,却那么卑微。现在看来,它不仅抚平了自己内心的不平,还能给有病的人理一理腹内的不平之气。

冬来准备腌咸菜。路过菜市场门口那些小铺子前,看见有专卖制作五香萝卜干的配料:花椒粉,桂皮,茴香……但我什么也没买。我也制萝卜干,但我只用盐腌两个日夜,然后铺在竹筛上细细翻晒。吃时抓一小把用温水过两趟,滴几滴芝麻油,质本洁来还应洁去,不舍得让那些红红黑黑的配料去糟蹋白萝卜——实在不舍得。

独活

独活是味中药,一直喜欢它的名字。我猜它是植物里一个绝情的女子,穿着黑色的风衣穿过飘着梧桐叶的空旷街道,一个人孤绝地生活——独活。冰冷的女子,坚硬的内心。她爱过,青枝绿叶红花灼灼地爱过,但是,此后不再爱了。她抱着肩膀,抱紧姿态,独对西风残阳。

我想到了张爱玲。张爱玲是一个具有独活气质和独活勇气的女子。当年与胡兰成分手时,她说:"我想过,我倘使不得不离开你,亦不致寻短见,亦不能够再爱别人,我将只是萎谢了。"话尽凄凉。聪明如她,已经预见自己此后岁月将难再有采茶扑蝶一般的热闹了。红尘于她,便是一条幽深的暗道——那头凉风阵阵灌来,她孑然一人向萧瑟处走去。

事隔多年,张爱玲来到美国,在文艺营里结识落魄作家赖雅,一个大她近三十岁的老头,彼此相爱,但我总是疑心这爱是不纯粹的——它掺杂了一个女人奔走异乡仓皇无着间抓住一根精神稻草所折射出来的落魄与可怜成分。这个嫁了男人的女人生活依然艰难,丈夫多病,需要钱治,于是她只好别夫奔赴台湾和香港挣钱养家,给丈夫治病。在那些奔走的长路上,她孤身一人,不知心里揣着多少难言的辛酸。我想到中药独活。它性味辛、苦,微温,可以祛风除湿,通痹止痛。春三月,独活发芽长叶时人们采集其根,回来晾干切片。另一个采集时间是秋天,叶落果成时挖其根,洗掉泥沙晾制成药。张爱玲原也是这样的一棵植物,少年时父母离婚,人生最稚嫩无邪的时光里也是寡欢;中年以后,为了丈夫为了家,为了人世间的那一点情爱与暖气,辛苦写作,频频遭遇退稿,饱受生活的熬煎。"人生是在追求一种满足,虽然往往是乐不抵苦的。"单从张爱玲的这句话里,我们已经掂出了她身心俱苦的分量来。是的,她身上的根根叶叶是苦的,悠悠长长的苦缠她一世,只是这个独活的女子从不向生活低头。

独活,应是人世间极稀有又姿态极艳丽的奇女子,人世却以一副晚娘的心肠对她,于是,她只有选择独自生存,无依无傍。

我曾找过独活这种植物的图片来看,见其叶子疏朗,没心没肺朝阳光一层一层搭起绿檐来,只是生着一根细细长长的紫色茎秆,忧郁的紫色,像含着怨气。还有一种软毛独活,怕冷似的,周身覆着一层短短细细的柔毛。它绿叶绿茎,开着白色的花朵,碎碎的一朵朵,像小蜜蜂凑成一群,展开翅膀搭成碗口大的白蓬子,撑开在夏秋的风日里。这就是独活!我惊了。它太平常太普通,原来就长在我房子前的香樟树下,长在我日日散步经过的马路边,长在砖石

泥土间，长在河沟边幽暗的草丛里。一株两株，一片两片，它们各自生长，各摇各的风。它们的身影不艳，不像我一厢情愿想象出来的张爱玲。

它近在咫尺，近在寻常烟火边，普通得像那些淹没于碌碌琐事里的平民女子——无惊世的才华，也无足以乱世的容貌。它兴许就是那个住在姐姐家隔壁的女子，丈夫已经不爱她，也没离婚，却住回娘家，她像棵老青菜一样日日在工厂的白班与夜班之间来回炒，无油无水地炒，炒干了，炒黄了，偶尔招来叹息，更多时候是被人遗忘。在灰尘飞扬的下午五点钟的马路边，偶尔能看见一个清瘦的女子，穿着蓝色的工厂制服，黄着头发黄着脸，赶着到弟媳的锅里讨口饭吃。她多像一棵素淡的软毛独活，在晚风里独自摇曳！

独活，其实是那些孤独而坚强地行走在生活边沿处的寻常女子，虽然太寂寞太辛苦，但是太卑微。她们不适合拿来写进戏里，没有浓墨重彩的人生，也拼凑不出完美的故事情节。

不管有没有气质，有没有勇气，总得活下去，这就是独活。

前世慈姑花

我相信,人是有前世的。而我的前世,一定是一棵植物,开着淡紫或者青蓝的花儿。

我总是有意无意地寻找着这样的一棵植物,试图踩着一片薄薄的花瓣踏上回家的路。

蝴蝶兰、紫薇花都不似我,直到遇见慈姑花,心中轰然一声,泪水涌出。

微雨的中秋,坐在疾驰的车上,去看望年近八十的外婆。忽然在一处河滩边看见了一丛植物——浅水像含着烟愁的眸,水上面有浓厚的树荫,一丛绿色的慈姑立在水中央,翡翠岛一般,中间的几根绿茎上擎着淡蓝淡蓝的小花。我一直认为,蓝或紫,都是一种极其忧伤而深情的色彩。这秋水上的匆匆一瞥,我仿佛看见了那个忧伤而多情的自己,一直隐在时间的裂缝里。

它有剪刀样的叶,心思细细地生长在水边,裁剪阳光,裁剪风雨,裁剪年华,裁剪日子。那些淡蓝的、淡白的小花,像浅的碟,三枝两枝,

从茎底一截一截摆到茎顶——这是怎样一场不舍得散去的筵席啊！白的花，绿的叶，尘世有它一场清白干净又牵扯不歇的浓情！

后来，又走了一些地方，看见了更多的慈姑花。有的在乡间荒芜的田角，形影单薄；有的夹在茂密的蒲草丛里，艰难地获取阳光和斜风细雨；更有的尴尬地挤在满池的莲花莲叶里，兀自为红莲的明艳华美做底子。有多少荒僻的角落，就有多少慈姑花；多少慈姑花，就有多少平凡和孤独者的影子。慈姑的花是碎小的，小到常常忽视在眼角，像睡衣上的纽扣，不绮丽，不招眼。浓艳不是它，娇媚不是它，甚至梅菊的烈性也不是它。它所有的，只是这清白的一小朵一小朵的花，以及花心里杏黄的蕊。它的花盛开的阵势，不是辞藻堆砌的华章，而是流水日记，细细碎碎地在幽静处低回吟唱。

它身份低微，难入雅室。在乡土中国，很少有人将它养在青花瓷盆里，日日清水细灌作观赏植物侍弄。即便偶有几个士大夫类的闲趣之人，在砌了瓷砖的大大小小的池子里养，那茎叶间常缠着的也是藤藤蔓蔓的菱角菜，以及有着极细腰身的水草。这无非是要把一点乡野之趣秀出七八分的怡人来。在中国、日本、朝鲜、印度等一些亚洲国家，它的身份是农民。在欧洲，有人养它，蓝的白的花和剪刀样的叶，以及它挺拔疏朗的姿态，都是可赏可流连的。在我国，人们是拿它淤泥里的球茎——形似芋头一样的东西，当作蔬菜食用。《本草纲目》说它"达肾气、健脾胃、止泻痢、化痰、润皮毛"。中医认为它性味甘平，可用于生津润肺、补中益气，治疗劳伤、咳喘等疾。除了做寻常蔬菜，在民间它还是一味药，俯身在瓦罐里。

是啊，在中国，它不是金屋藏的娇，不是红袖添的香，富贵和风雅都离它遥远。它的价值是，在幽暗阴冷的淤泥里不声不响地生长，待冬后捧一盆晶莹似雪、润白如玉的果实，慰人间冷暖。

素淡，寂寞，直抵人间烟火。我想，这就是慈姑。

其实，慈姑还有着另一个动听的名字：茨菰。但是，我喜欢的是"慈姑"而非"茨菰"，只因为它名字里有个"慈"。能慰人间冷暖的，想必一定有着一颗慈悲的心。在植物里，它一定是一个忍着寂寞忧伤、行走在民间、关怀众生疾苦的慈悲女子。

我呢？我想我的前世一定是这样的一棵慈姑，来世还是。这辈子，我是一个慈姑一样清淡的女子，是前世的慈姑花开在这辈子庸常琐碎的光阴里，于人海中独守一分寂寞，在岁月的茎上盛开一个平凡女子的小小悲欢，不惊艳，不扰人。我只愿，我的文字是从深深浅浅的地底下捧出的果实，盛着爱和慈悲，慰尘世间薄凉悲苦的心。

少年芦笋

人生最美好的恋情,应是初见他时他正少年,芦笋一般鲜嫩。

春二月,甩着一袖管薄凉的风,与堂姐或年轻的姨娘相约着去江滩上采芦笋,有《诗经》里采葛的古风。

二月的长江,江水初平,那些芦笋才从沙地里拱出来,两三寸长,周身是凉津津的绿。二月,虽是采得早了些,可是这一见,终是不舍,总要贪一点欢,哪怕这缘分极短极浅。所以,拿了铲或锹在二月采芦笋,其实是挖笋。把铲子不用力地贴着芦笋按下去,铲尖只轻轻一撬,"砰"的一声,玉白的笋根断了,仿佛玉郎对面伸手来,只盈盈一握,他禁不住笑了,这样的初欢喜!弯腰捡起来,这厢细细来端详,那笋根卷轴一般粗细,极白极嫩,不忍心去掐——一掐尽是汁水。

采满一筐,回家剥去外皮,倒进开水锅里焯一下,捞起来,略略冷一下,然后放进备了清水的桶或盆里养着。刚刚焯过的芦笋不可以当菜来吃,它总有一点涩,和诸菜同盘,味蕾总是别扭。

一日换一次水,待到青涩吐尽,真味呈现,便是佳肴了。养了一两日,捞起来,用手指或剪刀将它从中间掰开,此时莹白的笋根如同象牙的挂饰那样矜贵、雅致。掰开后,清水里再略略洗一次,不脏,只是有一点涩,淋去了就可。洗好后,滤一下水,然后叠放在瓷碟里。终于翩翩一少年立在眼前,羽扇纶巾,好不儒雅,叫人向往。

得去寻和它配戏的女一号了。谁呢?韭菜,春后第一刀韭,只有它才配得起。冒着细细雨丝,割一刀鲜嫩嫩的韭菜回来,洗净了,切得比芦笋短一点点——韭菜总不宜太长,怕的是这一对小夫妻后面要磕磕绊绊。切好后,点火,锅里放植物油,再挑一点猪油——猪油只是凑个热闹,不要多。待油在锅底开始冒一点烟气时,将芦笋和韭菜一并倒进锅里,"嗞啦"一声——锅铲子赶紧来翻,你侬我侬,嗅觉和听觉里,那个欢啊!其间,半空里撒点盐,再略略撒点白糖,待韭菜稍稍软了腰身,补添几粒味精下锅,翻匀,起锅,盛在白的浅的碟子里。没有太多的佐料,没有太繁复的工序,这一场姻缘,是平民的,不显赫,不盛大。翠绿的韭菜,莹白的芦笋。韭菜的清香伴着芦笋的脆嫩,是男耕女织,相得益彰。舒婷的《致橡树》写道:"我如果爱你——/……我必须是你近旁的一株木棉/作为树的形象和你站在一起……"这一次,韭菜和芦笋,在最好的年华里,相依相衬,平等地爱在一起。

还有另一种吃法,沧桑了一点。一串腊肉挂在房梁上几个月了。其间,腊肉配着绍兴的霉干菜烧过了三两回,也配着黄花菜烧过,都吃腻了。芦笋是一样的洗法切法，备在白碟子里。咸肉温水里过几趟，切成薄片。葱、姜少许，切成末，还有黄酒一汤匙。点火，倒少许植物油下锅，放葱、姜下锅，薄薄炸一点香味出来。然后放咸肉下锅，翻炒三到五分钟，加黄酒和盐，添一点水，红烧约三分钟，熬出油来。然后倒进芦笋，翻炒，转小火焖。待咸肉的油把芦笋熬得油头光面，清俊的芦笋终于有了几分阔少的习气，再添鸡精少许，翻匀，关火起锅即可。这一次，盛在深的白碟子里的是陈年的最后一刀咸肉配新年的第一把芦笋，是一段忘年恋，像法国杜拉斯的最后一场恋情。于咸肉而言，等过，熬过，到底有了与芦笋的这一遇，当惜。所以，那碟底的汤汁也是浓厚情意。

三月的芦笋长到尺把高，采的时候已经不用挖根。根老了，只平地一掰即可。焯之前，还要狠狠折掉一大截的梢子。吃的时候，口感稍显粗粝——已经快中年了！过了三月，芦笋尽管往高处窜去，这时候，只能看，吃不得。秋天，站江堤上看去，它们如林如墙，有隔岸的远意。少年子弟江湖老，爱不得了，只远远地怀念吧。